Yo sigo contando los días

OTROS ÁMBITOS| **B**erenice

Yo sigo contando los días

GEORGI BARDAROV

Traducción de Rumen Grigorov

Berenice

© Georgi Bardarov, 2022
© De la traducción: Rumen Grigorov, 2022

© Editorial Almuzara, s. l., 2022
www.editorialberenice.com

Edición en Berenice previo acuerdo
con la editorial Musagena.

Primera edición en Berenice: mayo de 2022
Colección Otros ámbitos

Director editorial: Javier Ortega
Maquetación de R. Joaquín Jiménez R.

Impresión y encuadernación:
Gráficas La Paz

ISBN: 978-84-18952-56-2
Depósito Legal: CO-676-2022

Impreso en España/Printed in Spain

En memoria de Admira Ismic y Boško Brkic

16:43

Mantenía la sangre fría incluso en esos momentos. Él la seguía con su mirada, sentado en una silla y apoyado en el borde de la mesa. Estaba muy tenso y todo su cuerpo latía. La corriente de aire que se filtraba entre las rendijas de la puerta hacía bailar la llama de la vela, y en el techo se movían sombras demoníacas. Ella se quitó las pantuflas, acercó hacia sí el taburete y se subió con los pies descalzos. Estiró el brazo y dejó el tarro con el azúcar en el estante más alto. Todo debía estar en su lugar, donde siempre había estado. Nadie debía percatarse. El éxito dependía en gran medida de eso. Suspiró, la deseaba. Siguió con la mirada su ágil y flexible movimiento al bajar del taburete. Sus miradas se cruzaron. En los ojos de ambos había miedo. Sonrieron.

El reloj de pared dio las cinco de la tarde. Quedaban cuatro horas, tan solo cuatro horas. La ciudad estaba sumida en un silencio inusitado. Esa ciudad, antes tan bella y repleta de vida. ¡Sarajevo! Un rato antes, cuando terminó el apagón, no pudo contenerse y puso el radiocasete. En medio del silencio se esparció su melodía favorita: *Sarajevo, Sarajevo, gdje je moja raja, gdje je moja raja!*,[1] cantaba Neda, Neda Ukraden en aquellas tranquilas noches primaverales rociadas de jazmín. De nuevo era primavera. Era el mes de mayo. El mes más bello del año, pero nadie cantaba y no quedaba rastro alguno del olor a jazmín. Se acumulaban en segmentos capas de olores a putrefacción y a muerte.

Cadáveres, mierda, entrañas humanas y desesperanza. Davor sonrió al pensar en la canción. Había tantas canciones dedicadas a Sarajevo; pero la de Neda, sin duda, era la mejor. Cerró los ojos recordando uno de sus mejores clips: Neda, entrando en la ciudad en un descapotable por el lado de la mezquita Kuršum. Sopla el viento, su bufanda atada al cuello flota en el aire mientras suena aquel estribillo: *Sarajevo, Sarajevo, gdje je moja raja, gdje je moja raja...* Recordó cómo entraron en Sarajevo en autobús al terminar la brigada de verano del año 1988. Por los altavoces resonaba de nuevo la voz de Neda. Todo el curso estaba de pie al lado de los asientos y gritaba a coro: *Sarajevo, Sarajevo, gdje je moja raja, gdje je moja raja...* Y mientras todos cantaban, Davor se inclinó hacia ella y la besó. Fue un beso algo torpe, pero largo y lleno de pasión. Ella se puso rígida primero, pero después se relajó en sus brazos... En realidad no era su primer beso, el primero sucedió en un momento anterior.

Se estremeció y abrió los ojos. Aida estaba sentada frente a él con la espalda recta en una de las sillas de madera de la cocina. Con las piernas muy pegadas, las manos puestas bajo los muslos y los ojos medio cerrados. Con un ademán tan suyo recogió un mechón detrás de la oreja. Lo hacía siempre al estar preocupada o pensativa. Su cuerpo desprendía fir-

---

1   *Sarajevo, Sarajevo, ¿dónde está mi pueblo, dónde está mi pueblo?*

meza y debilidad. Se encontraba al borde de sus fuerzas. Dos años vivían en ese infierno. Dos años esperando la muerte cada día. Dos años sin poder conciliar el sueño y dormir con tranquilidad ni una sola vez. Esto debía acabarse. Quedaban solo cuatro horas más de atormentadora incertidumbre. Y después... después venía la *total* incertidumbre. Se percibió el paso de una carretilla por la calle, el ladrido de un perro y en la lejanía resonaron los primeros disparos de la noche. La calma volvió solo por un instante, una calma irreal. Se oían únicamente el tictac del reloj, el ronroneo de la nevera y los latidos de los corazones de ambos. Muy cerca resonó la caída de un proyectil. Las ventanas se estremecieron. La vela casi se apagó. La llama, como asustada por el estruendo, había bajado al pie de la mecha. Davor y Aida se miraron. Ya no quedaban sonrisas. Durante la guerra las caras están tensas de miedo y con ojeras, con una ansiedad constante que fluye de las miradas. Desde el lugar donde cayó el proyectil se oyeron gritos de mujeres. También, la sirena de una ambulancia. Eran los sonidos cotidianos en Sarajevo, desde hacía más de dos años.

¿Quién desencadenó esta guerra?

¿Quién instigó esta guerra?, se preguntó Davor. Esa interrogante no le dejaba en paz. Pocos años antes, todo era distinto. La gente vivía como hermanos en esa tan bella ciudad balcánica. Se acordó de las noches primaverales, aquellas noches de Sarajevo con olor a jazmín, y le dieron ganas de llorar. Llevaba mucho tiempo sin llorar, tal vez desde finales de los ochenta, cuando enterraron a su abuelo más querido, cuyo nombre llevaba, y, últimamente, lloraba a escondidas. Pero ahora ya no.

—Me parece que dieron en la guardería —dijo Aída.

Su voz, tan melódica y bella cuando cantaba en el coro femenino de la comunidad musulmana del barrio, ahora sonó ronca y entrecortada.

Se quedó sobresaltado por un instante.

—Sí, Aida, a mí también me parece que dieron por allí, ¡maldita sea! —comentó él, evitando así dar una respuesta concreta.

La guardería de la esquina de Abdića y Sepetarevać. ¿Cómo podría olvidarla, si fue allí donde se encontraron por primera vez?

* * *

Davor y Aida habían nacido en el mismo mes, junio, en un mismo año, el sesenta y ocho, y más aún, en el mismo día, el veinticinco. Vivían en dos bloques contiguos, parecidos al resto de bloques de viviendas de todos los países socialistas. Iguales, feos y sin aspecto propio. Con paredes desconchadas, con grietas y grafitos con mensajes futbolísticos, con antenas metálicas oxidadas en los tejados y ropa tendida... Con todo el marasmo apacible de la vida diaria socialista. En aquel entonces ambos no tenían noción alguna ni de socialismo ni de religión ni de Yugoslavia. Eran dos niños asustados a los que llevaban por primera vez a la guardería. En casa les explicaron lo bien que se estaría allí y que habría muchos niños y muchos juguetes. Pero con solo traspasar los umbrales de madera de las puertas de sus pisos, pintadas de un mismo color, rompieron a llorar. Sentían que su mundo entero estaba cambiando. En realidad, éste era el primer recuerdo juntos que guardaban, él de ella y ella de él. Un niño de ojos azules en lágrimas, con la gorra inclinada y mocos en las mejillas, llevado por una madre preocupada por no retrasar el trabajo. Una niña simpática con hoyuelos en las mejillas y dos trenzas trigueñas, que estaba en cuclillas sobre la acera y que se resistía con vigor mientras su madre le rogaba, inquieta también por no retrasarse.

—A la guardería, ¿verdad? —preguntó Samira a la madre de Aida. Samira, en general, era una mujer afable.

—A la guardería, sí, pero es como si fuéramos al hospital si miras a este —respondió Lada señalando a Davor, que lloraba a mares.

—¿El primer día?

—El primer día, desde luego. Todavía no ha visto cómo es y

ya está protestando. Así somos en todo. Si fuese posible comer solo sopa con bolitas de carne, jugar solo con Zlatko y tener solo autobuses rojos entre los juguetes...

Las dos mujeres se echaron a reír. Se habían cruzado, por supuesto, ya que vivían en dos bloques vecinos, pero no se conocían hasta ese momento.

—Samira es mi nombre, encantada —dijo tendiendo la mano, después de haber logrado levantar a Aida de la acera.

—Lada, encantada —dijo la otra mujer, haciendo pasar al mocoso llorón de su mano derecha a la izquierda.

Y de pronto sucedió el milagro. Davor vio a Aida y fijó su mirada en sus ojos marrones. Nada más bello había visto en su vida y de golpe se quedó callado. Un *Zastava*[2] pasó como un cohete a su lado y sonó la bocina porque, de hecho, estaban en medio de la calle.

Esto tuvo lugar hace tanto tiempo que parecía no haber ocurrido nunca.

Y era tan reciente como si hubiera sido ayer.

Aida lo miraba directamente a los ojos y sabía muy bien en qué estaba pensando él. Recordaba cómo lo cogió de la mano de manera instintiva y, ante las miradas atónitas de ambas madres, se dirigieron hacia la guardería. El edificio, pintado del típico color rosado, quedaba solo a unos cincuenta metros y en la misma dirección caminaban también otros niños preocupados y con lágrimas, llevados por sus padres que apretaban raudos el paso para ir al trabajo después. Davor tropezó con una piedra y por poco se cae, pero ella lo sostuvo. Los dos recordaban perfectamente su primer día en la guardería. Durante toda la jornada intentaron estar juntos, y al atardecer se sintieron felices porque sus abuelas coincidieron al llegar a

2   Vehículo fabricado en la antigua Yugoslavia, conocido también como El Yugo.

15

recogerlos, para llevarlos a los bloques de viviendas uniformes con las paredes desconchadas.

Solo los muertos ven el fin de la guerra
Platón

El seis de abril de mil novecientos noventa y dos Aida —como cualquier otro día— se dirigía a la Facultad. La conferencia comenzaba a las once de la mañana. Sin embargo, no estaba segura de que hubiera clases, ya que, desde algunos días atrás, Sarajevo se estremecía como si fuera Skopje en la época del terremoto. Se formaban protestas espontáneas. La gente se miraba con miedo, por las calles iban hombres vestidos con uniformes de camuflaje y sobre la ciudad se cernía una palabra horrible: *guerra*. Todos sabían ya lo que sucedía en Croacia. Laminados por la censura, los canales de televisión no emitían imágenes terroríficas y sangrientas, pero todo el mundo sabía que allí se libraba una cruel y fratricida guerra. Y que cada día perecían seres humanos.

En la multiétnica Sarajevo nadie era capaz de creer que pudiera ser arruinada la paz entre personas que habían vivido juntos como hermanos durante tantos años: croatas, serbios y bosnios. Católicos, ortodoxos, musulmanes… Días atrás, cuando había un partido de la selección de fútbol serbia o un concierto de Lepa Brena, los vecinos sacaban los televisores a los portales y se juntaban, independientemente de su etnia y religión. Todos eran yugoslavos, como cantaba Lepa, todos eran seres humanos. Cada uno sacaba lo que tenía: algún tarro con carne gelatinada, ensaladas en conservas, aguardiente de Valandovo, tomates, quesos, ajo. Y cantaban juntos las canciones de la victoria, juntos maldecían al árbitro, juntos lloraban si perdían y juntos canturreaban con Lepa *Ja sam Ju-goslovenka*.[3] Mientras hoy...

Aida cruzó la calle Čemerlina. Tenía que atravesar el casco histórico Baščaršija con sus diminutos talleres, las cantinas de *cevapcici*[4], con los vendedores callejeros que ofrecían pipas y helado, llegar después al río Miljacka y descender a la calle que bordeaba el río y conducía a la Universidad.

Apenas había llegado a Baščaršija cuando desde el puente Vrbanja empezó el tiroteo. Oyó primero, en realidad, unos gritos, seguidos por los disparos. Miró aterrorizada a su derredor, pero solo veía rostros que expresaban el mismo temor. Eran hombres, mujeres, chavales. Iban con trajes formales, con vestidos primaverales de percal, con pañuelos de lienzo o bufandas del equipo de fútbol *Zheleznicar*. Todos permanecían petrificados, como en aquellas imágenes ridículas de las películas mudas o de los cuentos de príncipes y princesas petrificadas. Luego echaron a correr y cundió el caos. Corrían sin rumbo, se agarraban con las manos las cabezas, lloraban. Los vendedores recogían apresuradamente las mercancías, giraban las palancas y cerraban rápido las persianas de metal.

Aida volvió en sí, apretó el bolso con los documentos y los libros contra su pecho y dio la vuelta, camino a su casa. Cientos como ella, granitos de arena llevados por el viento de la guerra, corrían sin tener dónde escapar. Jamás olvidaría a la viejecita de cara bondadosa y un pañuelo en la cabeza que estaba junto a ella, la que hacía la señal de la cruz, miraba al cielo y lloraba. Las lágrimas corrían presurosas por ambos lados de su pálido y arrugado rostro. Era el rostro de la guerra.

---

3   *Yo soy yugoslava.*
4   Rollos asados de carne picada.

Aida sacudió la cabeza para ahuyentar el recuerdo. Los recuerdos —tanto los buenos como los malos— son un peso inútil en tiempos de guerra.

Al ver que estaba medio dormido, se inclinó sobre él y tocó levemente su hombro.

—Davor, Davor.

Él abrió los ojos, espantado.

—¿Estaba adormecido?

—Sí —sonrió ella, y le dio un beso.

Davor se puso rápidamente en pie.

—Tienes que ir al cuarto de tus padres —dijo Aida—. Mira a ver qué tal están.

—¿Y tú? —preguntó él.

—Yo lavaré los platos.

—¿Lavarás los platos? ¿Simplemente vas a lavar los platos?

—Sí, siempre tenemos que hacer algo, ¿verdad? No podemos estar con los brazos cruzados y esperar, reventaríamos así... Anda, ve con tus padres.

Davor se relajó un poco. Últimamente sentía su cuerpo tenso como un resorte, incluso cuando estaba durmiendo. Sobre todo los músculos de las piernas y de los brazos. Y también aquella ansiedad demente que había anidado en su pecho. Miró con ternura a Aida y fue al salón. Su madre estaba arrodillada ante el crucifijo, se santiguaba y lloraba; su padre, con el cabello despeinado y prematuramente cano, permanecía en medio de la habitación sin saber adónde ir.

—Eh, Davor. Parece que dieron en la guardería. Cayó muy cerca, maldita sea...

—Sí, Aida y yo comentábamos lo mismo, parece que dieron allí.

—¿Ella está bien? ¿Dónde está?

—Está lavando los platos; es que ha cocinado y comimos. Para ustedes también hay comida, para cenar más tarde.

—Deja la cena ahora —su padre hizo un ademán con la mano y su madre se apoyó en el frío radiador, doblando las piernas hacia el pecho—. Deja la cena, vamos a tomar una copa de aguardiente porque si no voy a reventar.

Davor quiso decir que no quería beber, menos aún *esa* noche, pero supo morderse la lengua. Su padre podría sospechar. Cada atardecer, al empezar los bombardeos, se tomaban unos tragos porque era el único remedio de aflojar los grilletes en sus cerebros.

—Venga, echa uno —dijo, y se sentó en el sofá.

Su papá abrió la rechinante puertecita de la alacena, sacó la botella del renombrado aguardiente de Valandovo con aquella escalerita de madera dentro de la cual, siendo niño, Davor no dejaba de sorprenderse y no alcanzaba a explicarse cómo había sido metida dentro. En la botella relucía el candente y amarillento líquido de ciruelas de producción casera que preparaban juntos.

—Es de ciruelas —dijo su padre, y llenó dos vasos pequeños.

—¡Salud! —dijo Davor, e intentó sonreír.

—¡Salud! —repitió sin pensar su padre, y se tomaron de un trago las copas.

El ardiente calor rasgó sus gargantas, soltaron solo un sonoro «Uf» y con un gesto, absolutamente idéntico y que tal vez se heredaba de padre a hijo generaciones seguidas de los Tomašiči, enjugaron sus labios con las mangas de las camisas y en los ojos de ambos brincaron las chispas juguetonas del alcohol.

Había oscurecido. En el salón, iluminado solo por la vela de cera, se filtraban el miedo, el relente nocturno, el sonido de las sirenas y los lejanos tiroteos. Y a muy poca distancia se oyó el breve canto de un estornino. Un estornino. Ambos cruzaron las miradas.

Pero, ¿hay algo más común y corriente que un estornino en primavera?

Aida esperó a que Davor saliera y se desplomó en la silla. Recogió nerviosa otro mechón rebelde detrás de la oreja y justo entonces se le saltaron las lágrimas. Sabía lo vulnerable que estaba él en ese momento y, por tanto, ella no debía mostrar debilidad alguna. Davor podía haberse librado de la guerra al inicio de ésta, o en no pocas oportunidades posteriores. A fin de cuentas, era serbio. Se había quedado por ella. Su amor era más fuerte que el instinto de conservación. No era un cobarde. Se quedó con ella bajo el silbido de las balas y la amenaza diaria para sus vidas. La quería tal y como se puede querer solo una vez en la vida. De verdad y sin reservas. Sin cálculos y vuelta. Tal como merece la pena amar. Pero Aida sabía que ella también tenía que ser fuerte. Ambos estaban a punto de desplomarse, por lo cual ninguno de los dos podía mostrar su flaqueza ante el otro. Esa era la única manera de resistir.

Alzó la cabeza y miró el reloj. Eran las cinco y siete minutos de la tarde. A veces le parecía que los minutos galopaban enloquecidos, a veces que iban arrastrándose. Fuera, las sirenas seguían aullando, en algún lugar en la lejanía se oían disparos. Se miró las manos. Como si las estuviera viendo por última vez. Giró la sortija que Davor le había regalado. No, no estaban casados. Iban a casarse, pero la guerra...

Casi no había un instante en que, estando sola, no recordase los horrores. Los horrores que no olvidaría hasta su último día. Las primeras personas asesinadas a tiros que vio en la plaza central pocos días después de empezar el asedio de Sarajevo: el asedio más largo de una ciudad en la historia de la humanidad: 1395 días y noches, 495 días más largo que el de Leningrado. Pasaron los primeros días escondidos en sus casas, días en los que no se atrevieron siquiera a acercarse a las ventanas. Continuamente había cañoneos de artillería. Sarajevo está situada en una hondonada rodeada de altas colinas. Desde esas colinas, a lo largo de 1395 días y 1395 noches, los francotiradores mantenían a la gente de la ciudad bajo el fuego, y a diario había víctimas.

En los primeros días creían que esa locura sería de corta duración. Aún tenían electricidad y agua. No salían de sus casas, solo veían por la televisión o escuchaban por la radio los discursos de políticos famosos y no tan famosos, así como los de los militares. Cada uno decía algo diferente y acusaba al otro. Los serbios a los bosnios porque querían separarse de Yugoslavia; los bosnios a los serbios por la vil invasión; los croatas acusaban a todos, a los serbios y a los bosnios. Y nadie se interesaba por la gente de la ciudad, por esa gente sin importancia alguna que cada día moría, que sufría igual, con independencia de su etnia y religión. La locura se había apoderado de todo el mundo.

* * *

Salieron, sin embargo, unos días después del inicio del bloqueo. No había alternativa (hablaban con Davor por teléfono todos los días, la guerra lo había atrapado en casa de su abuela en la otra parte de la ciudad. Los teléfonos aún funcionaban y hablaban horas enteras. El horror lo había desplazado todo, pero el amor les ayudaba para no enloquecer). Se citaron en el viejo monumento a la orilla del Miljacka. Y a pesar de las lágrimas y las prohibiciones de sus padres, ella echó a andar. Tenía que ver a Davor.

Salió a la calle. Estaba oscureciendo. En el aire flotaba el olor a quemado. Todo tenía un aspecto irreal. Los bloques de viviendas parecían blancos en un campo de tiro, el asfalto de la carretera estaba acribillado y cubierto de pedazos de hormigón y cristal, no transitaba gente. Dobló la esquina y, debido a la prisa que llevaba, tropezó con algo.

Nunca lo olvidaría. Se inclinó y vio el cadáver de una mujer adulta. El primer cadáver.

Soltó un grito y se desplomó al lado de la mujer. No la conocía, tal vez era una vecina que nunca había visto. El primer cadáver... Se atragantó y vomitó sobre el asfalto. Se limpió rápido y corrió hacia el viejo monumento. En unos diez minutos pudo llegar sin oír un solo disparo. Y había atravesado, sin embargo, todos los sitios desprotegidos. ¿La escoltaba Dios o el Diablo?

Al verla venir Davor la abrazó, después la llevó al cauce del Miljacka. Lavó atentamente su rostro y mientras ella se secaba con unas servilletas se puso a pensar en los que disparaban. ¿Quiénes eran esos degenerados que disparaban contra personas indefensas? ¿Llevaban dentro de su alma algo humano, tenían madres y novias, les esperaba alguien al terminar el día, tras solo disparar y matar?

La muerte de una persona es una tragedia.
La muerte de miles de personas, simple estadística.

Iósif Stalin

ENTREVISTA

Habitación cuadrada, vacía, casi sin muebles. Solo una ventana, una silla, una lámpara, suelo de hormigón, silencio.

—*¿Nombre?*

—Sardjan Lukič.

—*¿Edad?*

—Treinta y tres.

—*¿Lugar de nacimiento?*

—Koševo... ¡En realidad, quería decir Sarajevo!

—*¿Koševo?*

—Es el barrio donde he nacido. Es parte de Sarajevo.

—*¿Dónde te pilló la guerra?*

—En Sarajevo, dónde si no... He ido solo dos veces al mar Adriático, con mis padres. No he vuelto a salir de Sarajevo.

—*¿Te gusta la ciudad?*

—Joder, no conozco nada que no sea Sarajevo. Será que me gusta, digo yo.

—*¿Y dónde exactamente te pilló la guerra?*

—¿Exactamente? Pues, básicamente, nos estábamos hartando de beber rakía con dos amigos cuando lo dijeron por la radio.

—*¿Te sorprendiste?*

—¿Quién, yo? No, yo muy rara vez me sorprendo por nada. Siempre voy un paso por delante. Y la guerra ya se sentía en el aire. Sabíamos lo que estaba ocurriendo en Croacia.

—*¿Cuándo decidiste unirte?*

—No lo sé, puede que a finales del primer mes.

—*¿Por qué decidiste unirte?*

—Quizá por estar aburrido, puede que también porque unos amigos míos lo hicieron.

—*¿No fue debido a la causa?*

—¡Que le den a la puta causa! Por entonces ni siquiera se me ocurría pensar en la causa. Era joven, ingenuo, la sangre me hervía y no había otra cosa que hacer.

—*¿Te arrepientes ahora?*

—No, yo no me arrepiento de nada en esta vida.

—*¿Ni siquiera de los asesinados?*

—¿Pero de qué asesinados hablas? Es una guerra.

—*¿No te carcome la conciencia que fueran asesinadas tantas personas inocentes? Algunas de ellas incluso las conocías...*

—Si por «te carcome la conciencia» quieres decir que no puedo dormir, pues sí, no puedo dormir. Ya ni siquiera la droga me ayuda.

—*¿Por qué?*

—Sueño con ellos.

—*¿Sueñas con ellos? ¿Con quién, con los asesinados?*

—No, ellos son parte del pasado. Sueño con los que suplicaban por sus vidas. Era algo salvaje, repugnante.

—*¿El qué, matarlos?*

—Que no, joder, ya te lo he dicho. Era una guerra. Simplemente era asqueroso ver cómo se arrastraban en el barro, a tus pies, y suplicaban por sus vidas. Muy espeluznante todo;

si fueras un tío decente morirías con dignidad y no te arrastrarías a suplicar.

—*¿Había muchos casos así?*

—Sí. Lo ves ahí tan fuerte, un hombre hecho y derecho, que se caga encima, arrastrándose a cuatro patas y que suplica por su mujer, por sus hijos... ¿Y quién no los tiene?

—*¿Los mataban?*

—A esas ratas con el mayor de los placeres. Simplemente cuando se arrastraban y suplicaban les metía la punta del arma en la boca y disparaba. Salpicaba sangre y sesos, era toda una masacre.

—*¿Y las mujeres suplicaban?*

—Mmm... Suplicaban, pero no tanto. Eran más hombres que los hombres.

—*¿Y qué les hacían?*

—¿Cómo que qué les hacíamos? Era una guerra.

—*¿Qué quieres decir con eso?*

—Pues a ver, nos ofrecían lo más preciado, su cuerpo; algunas intentaban escabullirse haciendo solo una mamada.

—*¿Y?*

—Pues, a ver, nos aprovechábamos de lo que nos daban y luego, dependiendo de cómo lo hubiera hecho, pues ya decidíamos si mandarla arriba al campamento o si la fusilábamos allí mismo. Había un depravado al que le molaba reventarles la cabeza mientras se la chupaban y justo después se corría.

—*¿Y no te parabas a pensar que allí abajo, en la ciudad, había mucha gente a la que quizá conocías, gente con la que habías compartido tu propio plato, o gente a la que incluso habías podido amar?*

—No lo sé... (*Se agarra la cabeza, pensativo*) Creo que no, es que eran como dos mundos completamente diferentes, dos Sarajevo muy diferentes. Aquélla, donde nací, se quedó muy lejos en el pasado, y aquélla, en la que disparaba, era otra puta realidad. Entre las dos no había nada en común.

—*Pero es igual, la gente era la misma...*

—Yo no veía gente, solo veía sangre. Y la sangre hechiza, te encarniza. Yo solo veía hombres que se arrastraban a mis pies y mujeres que se abrían de piernas solamente para sobrevivir, para salvar su vida de mierda. Estaban dispuestas a darlo todo. No puedes imaginarte la fuerza y el poder que da eso. Simplemente eres Dios, puedes perdonarle la vida a un hombre y que luego él te mate, puedes hacer que te lama las suelas fangosas de los zapatos mientras meas sobre su calabaza y después reventarle los sesos. Puedes regalar la vida a una mujer y que luego dé a luz bastardos musulmanes, y que uno de ellos te espere algún día en una calle oscura y te clave un cuchillo en el pecho; puedes arrastrarla como a una perra por toda la plaza, follarla en grupo, uno por uno, mientras ella grita y pide, por favor, que la dejen. Todo esto es poder. Y el poder es tan embriagador, mucho más que el alcohol, que la droga. Más que cualquier otra cosa.

—*Suena horrible.*

—Es una guerra.

—*¿No piensas algunas veces que puede haber venganza?*

—¿Venganza? ¿Dónde? ¿Allá arriba, en el cielo? Déjate de cuentos, tío, aquí está todo, el infierno y el paraíso. No hay nada más.

—*¿Te sientes culpable a veces?*

—No, luchábamos por una causa justa, por lo serbio, por el cristianismo.

* * *

28

—Llegamos.

Escucho su voz y su manera de pronunciar la vocal *e* abierta del serbio mientras el parachoque ralla la acera. No era buen chófer, pero era buen intérprete. Una persona rara. Desprendía un nerviosismo gratuito y un forzado énfasis, casi al borde de la psicopatía, pero de veras era buen intérprete. En realidad, una persona extraña. Era enjuto, alto, de pelo largo, levemente ondulado, pómulos pronunciados, labios gruesos, sensuales, la cara de tez morena, piernas largas y muy flacas. Hablaba rápido y, a pesar de que era un buen intérprete, a veces me perdía en su deje al hablar en búlgaro.

Entramos en la tibia madriguera del Museo de la Guerra. Frunce el cejo. Sé que no le agrada recordar, pero yo le pago bien. Nos llevan a la sala con los vídeos. Tiene un aspecto algo mísero, parecido al interior de los museos en mi país. Un pequeño espacio cuadrado con cuatro ordenadores demasiado viejos. En una de las paredes, el mapa de Bosnia y Herzegovina. En las demás, fotos de la época militar. Destrucción, sufrimiento. Cargan uno de los ordenadores y al rato empieza la entrevista. Es con un francotirador que había disparado desde las colinas que rodean la ciudad. Parece tranquilo, como si narrase la historia de otra persona. Trato de comprender: ¿cómo puedes haber estado disparando durante meses, haber asesinado y seguir viviendo hoy día y hablar de manera tan normal? Su voz es plana, apacible, evoca un cuadro pastoral. Hago esfuerzos para encontrar una explicación y no puedo. Está hablando de la sangre que conduce a la embriaguez. No quiero escuchar más pero, en fin, por eso he venido.

Zoran traduce con la misma voz monótona e inexpresiva. Si no lo conocieras dirías que no alberga emoción alguna en su alma. Pero yo sí lo conozco y sé bien el disgusto que siente y cómo le gustaría saltar y romper la jeta del tipo del monitor. Pero necesita dinero y yo le pago bien. Necesita plata para su dosis de alcohol diaria. Un alcohólico acabado y absoluto, pero es el mejor intérprete al búlgaro. Varias veces le he preguntado acerca de la guerra y solo mueve la cabeza, los rizos caen en desorden sobre la frente arrugada y su cara adquiere un color ceniciento. Sí, esa es precisamente la palabra, ceniciento, igual que un rastrojo abandonado. Nunca más volvería a brotar algo de él. Le tengo mucho afecto y me da mucha lástima. Él también me tiene simpatía. Dos almas solitarias, astillas de un barco naufragado hace tiempo.

Concluye la entrevista. Zoran apaga el monitor con un suspiro. El nombre del francotirador me da martillazos en las sienes: Sardjan Lukic. ¿Quién eres tú, Sardjan? ¿Dónde estás ahora? ¿Por qué no los dejaste vivir? ¿Por qué? Quiero preguntar a Zoran, pero tras cada entrevista él se queda sumergido en el tenebroso mundo de los recuerdos. Ya vimos varias entrevistas, hicimos otra en vivo y ambos salimos de ella como si acabaran de dictar nuestra pena de muerte, o se nos hubiera presentado Dios y hubiera escupido en nuestras caras. El silencio en el cuarto se hizo irreal. Irreal porque, hace unos instantes, Sardjan explicaba vociferando lo normal que era apretar el gatillo, matar, violar. Esa era la naturaleza humana. Puede que sea cierto. ¿No es por eso que estoy yo aquí, carajo?

—Eh, ¿estás contento? —pregunta Zoran con voz trémula, y veo que sus dedos también están temblando al liar su pitillo—. Esta es la última entrevista grabada, no hay más. Hemos terminado. ¿Estás contento?

Me quedé pensativo. Debería de estar contento porque terminamos el trabajo, pero, ¿cómo estar contento realmente?

—Voy a ver el museo. ¿Vienes conmigo?

Sabía que no iba a venir, pero me sentía obligado a preguntarle.

Soltó una risa gutural, después encendió con una cerilla su cigarrillo; la llama bailaba en sus manos. Abrió la ventana, que daba a un pequeño patio abandonado, invadido por la maleza y cubierto de residuos de construcción. Escupió ruidosamente, aspiró el humo del cigarrillo y soltó una nube gris.

—¡Que le den a la puta guerra y al museo ese! ¡Ve, a ti te interesa! A todo aquel que no la ha vivido le interesa. A la gente le gusta ver fotos de la desgracia ajena y sentirse empática. ¡Pues que le den a la empatía!

Maldecía en exceso; era un serbio típico, pero un buen intérprete, el mejor.

—Te esperaré en *Las tres botellas*. ¿Recuerdas?, estuvimos allí la primera noche. Un lugarcito divino —dijo, y tiró la colilla por la ventana.

La cerró y fue hacia la puerta.

—Vale, estaré en *Las tres botellas* dentro de una hora —respondí.

—Hoy es lunes, está perfecto, tío, así quedamos.

No entendí qué de perfecto tiene un lunes, pero tampoco pregunté. Cerró la puerta dejando tras de sí el olor a tabaco y el dolor.

* * *

¿Cómo he llegado hasta aquí? Cerré la puerta del aula doscientos cincuenta y dos después de que salieran los estudiantes. Su alegre tumulto se alejaba rápidamente por el oscuro pasillo del ala sur de la Universidad de Sofía. Les aguardaba una agradable noche de noviembre, suponía yo. Amigos, alcohol, juerga... Lo que es la vida estudiantil. Lo daría todo por estar con ellos. Apagué las luces. Necesitaba descansar un poco. Últimamente, después de las conferencias me siento hastiado. No de las clases en sí, sino de mí mismo. Me cuesta aguantarme a mí mismo. A partir de los cuarenta y tantos es así. Soledad, desesperanza y recuerdos, tan duros como una feroz resaca. La conferencia, como siempre, ha ido a la perfección. Hubo muchas preguntas, comentarios. Soy profesor de Conflictos Étnico-Religiosos en la Facultad de Geología y Geografía. Hace años salía enriquecido de las aulas, salía en las alas de la inspiración y podía hablar horas y horas de cómo había discurrido todo, de los estudiantes, de mis tesis. Seguramente aburría mortalmente a mis interlocutores.

Ahora no tengo a quien hablar. Estoy solo. Me acerco a la ventana y me pongo a mirar hacia el patio interior. Está cayendo una fuerte lluvia otoñal. Me encanta la lluvia. Más allá del patio, bajo el alero de la biblioteca, una gran lámpara recubre con una luz amarillenta el recién pintado edificio de la Universidad. Las gotas de la lluvia se asemejan a las mágicas chispas de las bengalas. Ya se han formado charcos. La lluvia me hace sentir vivo. Supongo que abandonaría este mundo en un día como este, un día mojado y empapado igual que un vagabundo sin hogar.

Voy preparándome. Recojo la técnica: el *laptop*, la multimedia, los altavoces, los cables... Alguien abre la puerta. Es la mujer de la limpieza. Le extraña verme en el aula y con las luces apagadas. Últimamente, en la Universidad, por la noche, quedamos solo ella y yo. Creo que empiezo a darle lástima. Salgo raudo, sumergiéndome en la lluviosa noche de noviembre. El frío y la humedad van filtrándose a través de mi ligera cazadora de verano. No importa, me siento refrescado. Me abandono a la voluntad de la lluvia. Faltan unos trescientos metros hasta mi guarida favorita, *Timeless*. Suficientes para mojarme hasta los huesos. Luz tenue, mesas, suelo de color caoba, jazz ligero, camareras encantadoras siempre sonrientes. Estoy en casa. Mi camarera favorita ni siquiera me pregunta qué quiero. Me saluda y me trae un whisky doble. Conecto el *laptop*. Me tomo unos tanganazos grandes. Los dejo deshacerse en mis entrañas igual que cubitos de hielo colocados sobre una piedra calentada por el sol. Pasado un rato siento un mareo agradable en la cabeza, el cuerpo se relaja, mis músculos en tensión constante se dilatan, el alma adquiere el peso del algodón de azúcar que va diluyéndose en la boca. Pido otro whisky. La camarera, que lleva un *piercing* en la lengua y tiene un andar sexy, vuelve a sonreír. He pasado aquí un sinfín de horas de soledad y felicidad. Aquí escribí mi libro. Las luces se vuelven aún más escasas. Suena el móvil.

—Jordy, ¿qué tal?

—Estoy en *Timeless* bebiendo whisky.

—Perfecto, muy bien. Zoran te va a esperar, ha concertado un montón de citas. Citas importantes. Como tú querías, con personas que han sobrevivido al asedio y la guerra. Aparte de eso, como recompensa, verán algunas entrevistas en el museo. Fueron tomadas inmediatamente después de terminada la guerra; hay con francotiradores, con víctimas, con mujeres violadas. Hay de todo, toda la porquería. A Zoran no le entusiasmaba esto, pero va mal de plata y ha aceptado. ¿Podrías viajar mañana?

—Nada me lo impide...

—Sí, había olvidado que tú eres El Solitario Joe. Vale. Y haz una llamada cuando llegues.

Me emborracho. Al día siguiente me preparo, cojo el autobús a Belgrado, de allí a Sarajevo. Tres días de viaje como si fuera en globo. ¡Qué se le va a hacer! Así son las cosas en los Balcanes, no queremos mezclarnos mucho, a pesar de ser iguales como cabos de agujeta. Lo dice un viejo chiste que cuenta la diferencia entre Bulgaria y Macedonia: «¡Qué va, somos la misma mierda; ha pasado un coche y la ha dividido en dos». Aquí el coche pasa a menudo y divide siempre. ¡Dejad que los balcánicos nos desmembremos y distribuyamos el botín, asignemos las fronteras, las mozas, el sufrimiento y nuestra jactancia!

Soy especialista en conflictos etnoreligiosos y pronto será publicada mi primera monografía, «Inmigración, conflictos y transformación de identidades en la Unión Europea», en la que he dedicado especial atención a la guerra en Bosnia. No sé por qué, pero la sentí como mía. El dolor, los sufrimientos y los amores de esta gente los sentí como si fuesen míos. También las lágrimas y las balas y el silencio posterior...

Zoran es mi traductor del serbio. Hizo un trabajo inapreciable y ahora me ha organizado estas citas para completar mi libro. Pues aquí estoy yo, en Sarajevo. Me gusta Sarajevo. No hay manera de no quererla. Calor, misticismo, tabernas balcánicas, espíritu, fantasmas, tristeza y excelente rakía. ¿Qué más necesita un hombre nacido, amamantado y criado en los Balcanes?

Realizamos todas las reuniones y he podido oír todo lo que necesitaba. Más de lo que quería, en realidad. Me quedan dos días más. Ya no tengo nada que hacer. Ya no tengo prisa por ir a ningún lugar. He ido apresurado toda la vida, y ahora la vida va deprisa a mi lado. Estoy inmóvil igual que el monumento en el libro de mi amigo Glogov. Iré a visitar el Museo de la

Guerra. Más tarde me voy a emborrachar. *Las tres botellas* te invitan a hacerlo. No sé lo que tenía presente Zoran con su «¡está perfecto, tío!», pero está perfecto, de verdad, cogerla a lo balcánico. Abro la puerta rechinante del Museo de la Guerra. Está aullando como una fiera herida.

A inicios de junio se decía cada vez más en su barrio, poblado en su mayoría por bosnios musulmanes, que los serbios efectuaban limpiezas étnicas. Entraban en las casas, separaban a los hombres de las mujeres, se llevaban a los hombres no se sabía dónde, fusilaban a grupos enteros. El horror era constante.

Una noche de las que, en días consecutivos, no había luz por falta de electricidad, en la calle vecina bramaron los motores de camiones de gran potencia. Muy cerca sonaron disparos, seguidos por gritos de mujeres y fuertes voces masculinas. Durante días Aida y sus padres estaban en constante alerta. Su hermano Riaz, desde el bloqueo, se encontraba en casa de su abuela, en la otra parte de la ciudad, a la que no tenían acceso. Al escuchar el estrépito acudieron a las ventanas.

—¡Qué horror, Safet! —gritaba su madre—. ¡Ya vienen! Están en el bloque de al lado sacando a la gente. ¿Qué hacemos?

Su padre estaba como petrificado. ¿Qué podría hacer? Los disparos, los gritos, las voces iban acercándose.

—¡Samira, Samira! —gritaba y daba golpes en la puerta la vecina del piso superior—. Samira, ya vienen, ¿qué hacemos, Samira?

—Safet —Samira sacudió a su marido—, huye por la salida trasera. Si te quedas aquí te llevarán.

—¿Cómo dejaros? —replicó como si hablara en sueños.

—Oíste, ¿no? A las mujeres solo les hacen un registro y les quitan las joyas y las prendas, mientras que a los hombres se los llevan y no se sabe qué pasa con ellos. Tienes que huir, Safet, es algo que nos debes a mí y a tus hijos. Tienes que huir.

Era una mujer fuerte y logró empujarlo hacia el exterior. Ante la puerta estaba la vecina, hundida en lágrimas, por las escaleras la gente se atropellaba, corría y avanzaba a saltos. Safet las besó y descendió escalera abajo. Samira rezaba con los dedos entrelazados y Aida estaba en medio del pasillo. Permanecía inmóvil y pensaba solo en Davor. Ni siquiera tenía consciencia de que los soldados ya iban avanzando con sus botas militares por los escalones de cemento.

Pero después los vio. Vio cómo empujaban y daban patadas a las mujeres y a los niños y arrastraban a los hombres. Desde las plantas superiores sonaban disparos.

Finalmente, en su piso también entró un soldado. Era un joven alto con la cara empapada en sudor y ojos inyectados en sangre. Con un *kalashnikov* que movía en todas direcciones.

—¿Hay hombres aquí? —gritó.

Aida solo movió la cabeza.

—Y no se atrevan a mentir, eh, porque les voy a cortar las gargantas a todos.

Empujó a Aida y desquició la puerta del dormitorio de un puntapié, miró debajo de la cama y soltó una larga ráfaga de balas en el armario. Echó un vistazo al resto de las habitaciones, las registró en un santiamén y se llevó lo que pudo. Obviamente, tenía prisa. Al rato volvió.

—¿Oro? —preguntó siseando.

Samira puso la mano en el bolsillo del delantal y extrajo dos cadenas, un corazón de oro y un collar. El soldado los agarró y los introdujo rápidamente en un bolsillo del uniforme. Vio su anillo de boda, apretó su mano hasta cortarle la circulación y con un gesto brusco lo sacó. Se volvió y miró a Aida. Una sonrisa asomó a su polvorienta cara.

—¡Vamos a ver! —dijo, y con violencia separó sus manos, cruzadas sobre el pecho.

Con la derecha mantenía el arma y con la izquierda desgarró su vestido. Samira intentó lanzarse encima de ellos, pero sin apartar su mirada de Aida el soldado le asestó un golpe con la culata y ella se desplomó.

—Estás buena —dijo—, ¡estás muy buena!

Aida permanecía paralizada mientras él pasaba la mano por sus abundantes senos. Sintió el pesado olor a sudor y hierro. El soldado deslizó la mano bajo el desgarrado vestido y siguió hacia abajo. Horrorizada, había dejado de respirar. Samira intentó levantarse, pero con una sola patada en el pecho la desplazó junto a la pared.

Ya tenía la mano entre los muslos de Aida cuando una voz rotunda sonó desde las escaleras:

—Goran, Goran, vamos, no tenemos mucho tiempo. Nos están esperando.

Sacó la mano, tiró de la cadena de plata que Davor le había regalado y salió apresuradamente.

Del piso de enfrente, en ese mismo instante, otro soldado sacaba a Vaia. Acababa de cumplir dieciocho años, era estudiante de primer curso y era una chica muy hermosa. El hombre la sacaba a empujones a las escaleras y ella estaba gritando. Su madre se abalanzó sobre él, pero el hombre no era tan piadoso como Goran. Levantó el arma automática y vació el cargador en su cuerpo. Empujó a Vaia hacia la barandilla de la escalera y desgarró su vestido.

Aida cerró los ojos, pero oía sus gritos. Cuando se restableció el silencio y volvió a abrirlos vio a Vaia doblada en el pasamanos de la escalera, por la cual, a grandes saltos, venía Davor.

—Aida, ¿te han hecho daño? —tomó con las manos su rostro—. ¿Te han hecho daño, Aida?

Ella retrocedió y señaló con la mirada las escaleras. Davor miró hacia atrás y apenas vio a la semidesnuda Vaia, agarró un abrigo de la percha, salió rápido y cubrió el delicado cuerpo para trasladarlo al interior del piso. Ella no emitió ni un sonido.

Mientras Aida y Samira limpiaban a Vaia en el baño, Davor cerró la puerta del piso y se sentó en el suelo con la cabeza apoyada en la rodilla. Era increíble que todo eso estuviera sucediendo en la misma escalera por la que habían bajado y subido miles de veces. Recordaba claramente cómo subían corriendo con Aida, siendo alumnos, mientras él llevaba su maleta porque pesaba bastante. Recordaba a mamá Samira, que les untaba rebanadas de pan con mantequilla y mermelada de rosa mosqueta. Como si nunca hubiera sido realidad todo aquello. Parecían dos mundos distintos que nada tenían en común. Y sin embargo era la misma escalera, la misma gente.

«Tío Davor, ¿te casarías con ella?». Esa era la pregunta que Vaia le había formulado cinco años atrás en esa misma escalera. Aquel día Davor esperaba a Aida. Vestía traje formal y calzaba zapatos puntiagudos a la moda. Era el diecinueve de mayo del ochenta y ocho, el día de la fiesta de gala de la promoción. Davor movía nerviosamente los pies, cambiaba de postura cuando la pequeña Vaia salió de su casa con un aro en la mano. Lo miró con sus ojos claros de color azul y le preguntó si se casaría con Aida. Davor se puso colorado y Vaia descendió brincando. En aquel instante salió Aida. Hasta la fecha, las chicas vestían sus uniformes azules y en muy raras ocasiones se ponían tejanos. Al verla en su vestido de color azul cremoso con mangas de encaje, Davor se quedó pasmado. Los zapatos de tacones altos resaltaban la belleza de sus tobillos y su cabello castaño, con hilos de plata entrelazados, ondeaba sobre su escote en la espalda.

Les tiraron agua por delante, según la costumbre de desear suerte, y él la acompañó escalera abajo sujetando su mano un poco en el aire, tal como había visto en las películas a los caballeros llevar de la mano a las damas. Guardaba el recuerdo —visto a través de un velo azuláceo como el color de su vestido— del sol en aquel maravilloso día de mayo. Se había congregado una multitud de familiares, vecinos y las cámaras captaban el momento. Samira y Lada habían organizado el acto, dejando a cargo de Dalibor y Safet el tema del coche. Ambos habían cumplido la tarea perfectamente. Frente al portal relucía un Cadillac blanco como la nieve. No quedó muy claro dónde lo habían alquilado, pero aquello fue un auténtico triunfo de Davor sobre sus compañeros de clase. Jamás olvidaría cuán emocionado se sentía al abrirle la portezuela, cómo sostenía su mano durante todo el camino a la escuela y qué embriagador era su perfume. Un perfume francés que costaba un dineral, pero en un semestre él había podido ahorrar el dinero y regalárselo para la fiesta.

Frente a la escuela había decenas de coches aparcados. Detrás de cada segundo o tercer *Zastava* había un vehículo occidental moderno y reluciente. Todos los padres habían hecho lo necesario para ese día especial. Era de esperar que su Cadillac provocara el mayor número de aplausos y miradas de admiración. Y cuando Davor abrió la portezuela e hizo salir a su princesa, para todos quedó claro quiénes iban a ser las estrellas de la fiesta de gala.

Se tomaron muchas fotos: con la profesora y los demás maestros. Desprendían ligereza. Creían que lo mejor estaba por venir, creían que de ahí en adelante empezaba la verdadera vida. Nadie sabía dónde estarían después de cinco años, menos aún podrían saber en aquel día que la mayoría, después de cinco años, no estarían entre los vivos.

La fiesta se celebró en *Yavorite*[5]*, el más moderno restaurante de aquella época. Habían asegurado la actuación de la estrella Neda Ukraden. La cantante empezó con la mítica «Sigue, sigue tu susurro, arce...» por la coincidencia con el nombre del restaurante. Todos estaban sentados en una mesa y cantaban abrazados junto con Neda. El alcohol cargó con ímpetu y sinrazón a los chicos y dejaba al desnudo las espaldas, los escotes y las piernas de las chicas. Neda repetía una y otra vez *«Sarajevo, Sarajevo, gdje je moja raja, gdje je moja raja»* y cuando terminó invadieron la pista y hasta el fin de la fiesta se sucedieron Srebrna krila, Modern Talking, Metallica, WASP, C.C. Catch y Sandra. Bebían, cantaban y bailaban con la ligereza y la inocencia de su juventud.

La mitad de aquellos chicos y chicas —sonrientes, felices y enamorados de la vida— ya no vivían. Unas semanas atrás Davor pasó por la escuela; poco quedaba de ella tras ser alcanzada por un obús. Entró, recorrió los desiertos pasillos y subió al cuarto piso, donde estaba su clase. Era la última puerta ante el vestíbulo. La pizarra que le inspiraba temor y repugnancia colgaba de un solo clavo. En realidad, la mitad de la habitación no existía: se había hundido en el más allá, donde había desaparecido también Yugoslavia entera.

5   Los arces

* * *

—¡Davor, Davor, ven pronto, por favor! —escuchó la voz atemorizada de Aida, que procedía del baño.

—¡Voy! —gritó, y se puso raudo en pie.

Atravesó corriendo el pasillo y abrió la puerta del baño. Lo que vio le hizo sentir un golpe en el estómago: la delgadita Vaia intentaba desesperadamente estrellarse la cabeza contra el lavamanos de acero mientras Samira y Aida a duras penas lograban detenerla.

Davor tiró de la bata que colgaba en la puerta, la echó sobre Vaia y la apretó entre sus brazos. Aún en las fuertes manos de Davor, Vaia seguía retorciéndose. La levantó y ella daba patadas con sus pies descalzos e intentaba alcanzar el fregadero.

—¡Busquen rápido algún calmante! —gritó Davor, llevando a Vaia al dormitorio.

Samira vino corriendo con un blíster de Validol. Davor seguía luchando con Vaia y de golpe dijo:

—¡Mejor con rakía, tráelo!

—¿Estás seguro? —replicó sorprendida Aida.

—¡Tiene razón! —confirmó, sin embargo, Samira.

Samira trajo una botella de aceite de un litro que contenía rakía casera. A duras penas Davor pudo introducir unas gotas del líquido por entre los dientes apretados de Vaia y poco después ella misma le quitó la botella de las manos y empezó a beber a grandes tragos. Sintió que se desmayaba a causa del alcohol y quedó relajada entre sus brazos.

La encontró de nuevo después de un año. No la había visto desde aquella tarde. Estaba por razones de trabajo en «Karansko», antaño la zona industrial de Sarajevo. Le costó reconocerla y fue porque ella lo llamó. No tenía nada en común con aquella chica hermosa y frágil. Llevaba una capa gruesa de maquillaje, falda corta, apestaba a tabaco y a perfume pésimo. Había oído que se prostituía y tomaba droga.

—¿Cómo está Aida, está bien? —le preguntó.

—Sí —respondió Davor.

—No le digas que me has visto. No se lo digas, ¿me oyes?

—No se lo voy a decir, no te preocupes.

—¡Pero esta noche, al besarla, dale un beso de mi parte!

No volvió a verla más.

Davor se tomó dos copas de aguardiente con su padre y volvió al cuarto donde estaba Aida. Vio sus ojos enrojecidos, la tomó entre sus brazos y ella se estrechó contra su pecho. Davor anhelaba que nunca concluyera ese instante. Sin razón alguna, quizá por el calor de su cuerpo y el aroma de sus cabellos, evocó uno de sus mejores recuerdos infantiles: la Olimpiada de invierno en Sarajevo, en el 84.

Durante varios días no dejó de nevar y la nieve cubrió la ciudad en la que, sin embargo, todo respiraba, hervía y estaba conmovido. Yugoslavia entera vivía con la idea de la Olimpiada. La primera Olimpiada de Invierno en el Bloque del Este. Sarajevo estaba desconocida. Se había gastado mucho dinero y dedicado muchos esfuerzos para que todo estuviese organizado perfectamente. Los preparativos duraron meses. Limpiaron hasta hacer brillar las calles y los cristales de las fachadas, y abarrotaron las tiendas de artículos deficitarios. En cada esquina había vigilantes uniformados, se veían militares también; las autoridades tenían miedo a provocaciones, pero para los niños no había un acontecimiento más emocionante. No en vano, iban a presenciar una auténtica Olimpiada en vivo, en su ciudad y ante sus ojos. Más aún, tendrían vacaciones durante la competición.

Aida no estaba muy conmovida, pero Davor estaba impaciente. Al igual que al resto de los chicos, le interesaba mucho el deporte. Además, Yugoslavia estaba considerada como una potencia en los deportes de invierno. Con especial emoción esperaba que su ídolo esloveno, Bojan Krizaj, pusiera la guinda para triunfar en eslalon. Cuanto más se acercaba la inauguración de los Juegos, mayor era el grado de emoción en Sarajevo. Unos días antes del evento empezaron a llegar los extranjeros.

Vieron la ceremonia de inauguración en la tele. Era un espectáculo mágico de colores, cantos y fuegos artificiales. Ardían en deseos, desde luego, de poder presenciar alguna competición, pero no había entradas. El padre de Davor puso en marcha todos sus *enchufes*, pero en aquellos días los para el socialismo todopoderosos *enchufes* no funcionaban. No había entradas, no las había. Davor se hizo a la idea de que iba a verlo todo a través del televisor y que sentiría tan solo el hálito periférico de la Olimpiada, como un Gavroche que frecuenta las tabernas con buenas parrilas, sin un duro en el bolsillo, y que solo absorbe con las aletas de la nariz el sabroso aroma.

Pero la fortuna le sonrió. Dos días antes de la inauguración, mientras llevaba su pesada maleta por la empinada y cubierta de nieve calle Poledića le alcanzó una bola de nieve. Se enojó, dejó caer la maleta, se giró para ver quién había lanzado la bola y vio, junto al quiosco de prensa, el sonriente rostro de Karo. Habían estudiado en la misma escuela, pero Karo era dos años mayor. Era un completo gamberro, que empinaba la botella con descaro, fumaba ostentosamente frente al patio de la escuela y a menudo se veía envuelto en peleas a puñetazos. Uno de aquellos muchachos a los que el sistema socialista en descomposición, en efecto, no podía reeducar. Sacaba buen dinero del mercado de segunda mano vendiendo todo tipo de artículos en escasez y, sobre todo, pantalones vaqueros.

—Oye, Davor —gritó—, ¿adónde vas tan deprisa? ¿Será que su mamá ha preparado la comida y está esperando a su hijito querido?

Davor se puso rojo de ira. Se habían enfrentado ya en el patio de la escuela, sobre todo por cuestiones de fútbol. Davor era hincha del Estrella Roja y Karo de los sepultureros del Partizán. Le había advertido que no viniera con la bufanda del *Estrella* y, al verlo de nuevo con ella, le paró en medio del patio escolar y le gritó:

—Te había advertido ya de que no andes con esa bufanda.

Luego se la quitó ante las miradas de todos y lo *castigó:* la partió en dos a lo largo de su tamaño. Sin embargo, Davor respondió de la debida forma y se le echó inmediatamente encima. Karo quedó sorprendido y se llevó varios puñetazos, pero pronto sacó una navaja y dio un corte a la oreja de Davor. Brotó sangre, cundió el pánico, alguien llamó a los profesores y, finalmente, compareció también el director. Era un hombre severo que llevaba un traje grisáceo y anticuado, bigotes balcánicos fuera de moda y que tenía la mano derecha bastante pesada; Karo lo había comprobado en varias ocasiones. Se abrió paso entre los congregados, se situó erguido frente al sangrante Davor, lo cogió bruscamente de la mano y preguntó gritando:

—¿Quién lo hizo? Dime, ¿quién fue?

Davor estaba a punto de señalar a Karo, pero, tras liberarse de la mano del director, musitó entre dientes:

—Nadie, señor director. Me caí yo solo y me golpeé en el borde de la acera.

—Está claro que ha habido una pelea, solo dime quién fue —gruñó el director, pero Davor insistió:

—Me he caído yo solo, señor director —afirmó con rotundidad.

—Oye, chaval, piénsalo bien, no sabes qué sanción podrías llevarte —refunfuñaba el director—. Tú solo dime quién ha sido y lo demás es asunto nuestro.

Davor resistió la dura y amenazadora mirada y dijo sin vacilar:

—Nada tengo que decir, señor director, me caí solo.

El director masculló algo y se fue de allí, pero Davor se había ganado el respeto de toda la escuela, ya que a nadie le caen bien los chivatos, y más tarde el propio Karo lo tomó bajo su protección.

Por ello, al verlo, Davor sonrió.

—Pues al menos hay quien me prepara la comida y no voy por ahí callejeando.

Karo también sonreía.

—Me he enterado —dijo— de que estás buscando entradas para la Olimpiada.

—Sí. ¿Y por qué lo preguntas? ¿Será que tienes?

—Puede ser —dijo con una sonrisa Karo.

—¿Y cuánto pides?

—¿Por qué cuánto? Puede ser qué...

—Está bien. Entonces, ¿qué pides?

—Un beso de Aida, por ejemplo.

Davor se encrespó, buscó con la mirada algún pedazo de hielo más grueso... pero Karo se echó a reír.

—Cálmate, chaval, cálmate —dijo—. Necesito tu bici para una semana.

—¿Mi bici?

—Sí, la necesito para un negocio en Zenića... Tengo dos entradas para los saltos de esquí.

—¿Saltos de esquí? —Davor hizo una mueca de disgusto.

—Anda, anda, es mejor que nada. Además, no te pido ni un céntimo.

Davor sonrió.

—De acuerdo, tío.

Ambos entrechocaron sus manos y el negocio quedó cerrado.

Era tal su emoción que Davor no pudo dormir en toda la semana. Y la Olimpiada estaba en su apogeo. En aquellos días, los habitantes de Sarajevo se olvidaron de todo: de los diminutos problemas cotidianos, pero también de los grandes —los nacionales— problemas que ya estaban germinando en Yugoslavia tras la muerte de Tito; de los amores, de las separaciones y las ausencias injustificadas de Dios. Los establecimientos estaban llenos de reporteros, fotógrafos, deportistas, funcionarios. En todas partes se oía un hablar diferente. Hasta los tranvías, adornados para la ocasión, circulaban con nuevo ritmo por los rieles y el alumbrado público bañaba la ciudad con una luz mágica.

En vísperas de los saltos de esquí, Davor estaba con fiebre. A su madre le entró el pánico. Le dio aspirinas, analgésicos, vitaminas, pasó la noche en blanco y, con voz amenazante, le dijo que no le dejaría salir. No pudo reprimir las lágrimas a la mañana siguiente. Había bajado la fiebre, pero su madre

48

seguía con las amenazas de que no le permitiría ir a la Olimpiada. Menos mal que intervino su padre. Él raras veces se oponía a lo dicho por Lada, pero ahora era consciente de lo importante que sería para su hijo esa experiencia. Al fin, Lada cedió. Lo vistió con unos cuantos jerséis, le puso bufandas y Davor salió feliz de casa.

A la Villa Olímpica les llevó el padre de Aida con su nuevo *Zastava*. No perdía la ocasión de lucir su vehículo ante los vecinos del barrio. Davor sudaba de emoción durante el viaje y Aida, aburrida, pensaba en la novela que estaba leyendo.

Tuvieron que aparcar a casi un kilómetro de las pistas porque hacia lo alto serpenteaba una larga hilera de coches. A la plataforma esquiable llegaron en el último momento, abriéndose paso a duras penas entre la multitud. Había tanto ruido como nunca antes lo hubiera habido; la gente gritaba, tropezaba, sonaban pitos y bocinas; en fin, estaba divertido. Karo había conseguido buenos sitios en el final de la pista, con el punto de aterrizaje de los saltadores. Desde allí el panorama era excelente. La competición duró casi dos horas. Durante dos horas brincaron felices y aunque no entendían nada, lanzaban gritos a cada salto. Todo parecía un cándido cuento de hadas. Davor dirigió la mirada hacia el cielo. Los copos de nieve seguían bailando graciosamente y morían de manera hermosa, derretidos en los rostros de los espectadores. Las nubes se habían desvanecido, los rayos del sol cortaron el telón de copos de nieve e iluminaron la pista convirtiéndola en un fantástico escenario que parecía irreal, como pintado por la mano de un artista. El saltador de turno aterrizó en ese mar de luces, la transparente ola de nieve que provocó roció a los espectadores y dio la sensación de haber sido esparcida por la mano invisible de Dios. Davor abrazó con fuerza a Aida y buscó sus labios, secos por el frío.

Terminada la competición, tomaron té en una de las múltiples casitas de madera construidas para la Olimpiada. Davor podría jurar que aún recordaba el aroma y el sabor del té de aquel magnífico día de febrero del 84.

Una semana más tarde, el presidente del Comité Olímpico Internacional, Juan Antonio Samaranch, clausuró los Juegos Olímpicos afirmando que Sarajevo'84 quedaría en la memoria como la Olimpiada más positiva en toda la historia de los Juegos. Hoy, en aquellas pistas acechaban francotiradores, en la Villa Olímpica rodaban cuerpos degollados, las instalaciones de hockey fueron transformadas en cárceles, las salas deportivas en campos de violaciones. ¡Cuán pocos y cuán muchos son diez años en la vida de un hombre! Entre ambos mundos se extendía un mar de sangre humana.

Zoran hizo una señal con la mano al camarero, que vino al instante y rugió:

—Dos aguardientes de ciruelas, dobles, dos ensaladas mixtas con un poco más de queso blanco rallado encima y rápido eh, ¿entendido? Requeterápido, que estoy más seco que todo Fiyi —resopló y se echó a reír, dejando ver sus dientes podridos.

Cosa rara, no he sentido mal aliento, tal vez porque me gusta el olor a orujo. Desde los tiempos en los que destilábamos rakía con mi abuelo en la caldera grande, allá en lo alto del pueblo. En lo alto de Kulata, mi pueblo. Mis pensamientos volaron hacia allá, se mezclaron con las evaporaciones embriagantes que se acumulaban bajo el techo de ladrillo ennegrecido de aquel lugar sagrado. Suspiré. Hacía tanto tiempo...

—¿Fiyi? —protestó mi espíritu geográfico—. Fiyi es una isla de Oceanía, verde, húmeda... Seguro que querías decir Fuji, el volcán extinguido de Japón.

—Que le den por saco, Fuji, Fiyi, qué más da. ¿Y qué tal el museo? Guerra, fotografías, destrucción, extremidades desarticuladas. ¿A que mola?

En los pocos días que llevo aquí logré acostumbrarme a su

cinismo intencionado. Es extraño pero no, no me molesta. Lo admito de modo paternal, aunque —a la vista está— somos de la misma quinta, ya que ha vivido el bloqueo...

—Pues sí... Es como una tienda de comestibles de la época socialista: un lugar vacío, deprimente, resplandeciente y con algún que otro trozo de carne.

Se rio de manera gutural y sacudió la cabeza. Su frente estaba rociada de sudor. Con frecuencia se pone a sudar sin razón aparente. Se giró nerviosamente hacia la barra. El camarero iba andando como una barca por el calmado río Neretva: con delicadeza, como si al precipitarse y al surcar las olas hubiera ocurrido una desgracia descomunal. Un terremoto, por ejemplo. Aquí nadie tiene prisa. De todas formas los aguardientes llegan después de aproximadamente diez minutos. Merecía la pena esperar. Hidratamos nuestras gargantas con esta bendición divina y mantenemos los ojos medio cerrados de placer. Color dorado, ardiente calor, encanto alegre. Como dijo Churchill: «Cuando dejé de beber entendí lo aburrida y gris que es la vida». Aunque no sé yo si Churchill alguna vez dejaría la bebida...

Las tres botellas es un antro subterráneo lleno de humo. Por supuesto, se puede fumar. A la escasa luz, las mesas de madera vieja, carcomida por el tiempo, parecen casi negras. Sillas de madera, bombillas desnudas en el techo sucio, una barra de madera ancha, camareros amargados hasta que se harten de fumar y que después se relajan y flotan como el humo del tabaco, etéreos, fantasmales, nunca apresurados. Atmósfera, espíritu, música agradable y de vez en cuando un poco de rock serbio.

Aparecieron las segundas copas de aguardiente. Proseguimos, enardeciéndonos con Zoran, nuestro diálogo.

—¿Y cómo decidiste empezar con el búlgaro? —le pregunto.

—Mi abuela es búlgara.

—¿En serio?

—Macedonia en realidad, y estamos tan mezclados aquí... Pierdes el hilo de cualquier historia.

—Mi familia es de refugiados, vinieron de Macedonia, de la región del Egeo. Mi bisabuelo lo había abandonado todo —la casa, los bienes, el ajuar doméstico, las tumbas— y se dio a la fuga porque se sentía búlgaro. No quería que lo *inscribieran* griego, eso decía.

—Precisamente. Nosotros también somos una rara amalgama. Mi bisabuelo es albanés, de Korcha, de allá arriba; se fugó en el siglo diecinueve con los llamados ARNAUTI, cuando un pachá con ese nombre se convirtió en un déspota. Tenía un billete de barco, ya que pensaba probar fortuna en América. Se habían dirigido a Tesalónica, pero en el camino hacen una parada en Bitolja o en un pueblo cerca de allí. Se sientan en una venta, piden comida, bebida, como Dios manda.

»Va sacando mi bisabuelo el dinero para pagar y, en ese momento, ve a la hija de la ventera. Pierde la razón, se enamora locamente y se queda allá. Se llamaba María. Dicen que la tal María era la belleza personificada, como una escultura perfecta. Era un icono. La naturaleza, ¡carajo!, cuando dona, dona con generosidad. Todos se van de viaje y él se queda. Día tras día, dinar tras dinar, regalo tras regalo iba implorando su amor. Pero ella, inflexible, no cedía. Lo estaba poniendo a prueba. Esperaba a que gastase todo el dinero, vender el boleto para el barco, vender hasta su ropa. Y cuando él se queda sin tener dónde caerse muerto y muy desesperado toma el camino de regreso, ella lo alcanza al final del pueblo y dice tan solo un simple «sí». Cuentan que fueron muy felices. Así comencé con el idioma búlgaro, debido a ella. Y a ustedes, los búlgaros, les tengo simpatía. Guardan una sabiduría secular que es poco frecuente aquí, en los Balcanes. Son gente cálida, pacientes más de lo necesario, pero son seres cálidos, buena gente.

Ambos prestamos atención a la melódica voz de Vlado, del grupo *Srebrna krila,* que canta desgranando otro amor ejemplar: *Zingarella, Zingarella, tvoja cerga sve je dalja, tko ti pije iz njedara, nagledah se tih bedara, Zingarella, Zingarella...*[6]. Tomamos un trago de rakía. Zoran intenta ser brusco. No le sale. Ser cínico sí, pero brusco no. La vida lo había machacado, lo había follado y por ello no tenía ese recurso. Yo lo percibía.

—¿Y qué? —dijo, y en uno de sus ojos se nota una constante contracción muscular—. ¿Por qué decidiste escribir sobre la guerra? De una guerra que no has vivido y que no hay manera de comprender.

—Estoy vinculado a ella.

Lo dije de golpe. No tenía pensado compartirlo o mencionarlo, de veras no lo quería por ser doloroso, pero Zoran me había provocado.

—¿Estás vinculado?

—Sí.

—¿Y cómo, en particular?

—Había estado en Sarajevo antes.

—Pues no lo sabía, creía que era tu primera estancia.

—No, ya había estado aquí. Es uno de los mejores recuerdos de mi vida. Jamás lo olvidaré.

—¿Y cuándo fue?

—El 84, en febrero. Una semana.

—Ah, sí. La Olimpiada fue el motivo. No lo sabía.

—Hay muchas cosas que no sabes de mí. Antes de ingre-

---

6   *«Cingarela, Cingarela, eres tan inasequible, ¿quién será el que devora tu belleza? Ver tus muslos fue gozar, Cingarela, Cingarela».*

sar en la Universidad era deportista. Crecí en la montaña, en los Ródopes. Desde pequeño estoy loco por esquiar, pero mi talento no fue suficiente para las disciplinas alpinas y me he orientado a los saltos de esquí. Me molaba el vuelo, el riesgo, elevarme sobre el mundo; la libertad que daban esos breves segundos. Unos pocos segundos, pero te sientes completamente libre, eres un ave.

—¿Estuviste en la Olimpiada, ¿verdad? ¿Has participado?

—No, no llegué a formar parte del equipo nacional, pero al enterarme de Sarajevo '84 creí que, probablemente, esa sería la única oportunidad de presenciar una Olimpiada de invierno en vivo. Era el sueño de mi vida. A solo quinientos kilómetros de distancia de mi país y, además, dentro de la esfera socialista. Ya sabes cómo eran las cosas en aquellos años.

—Sí, lo sé bien. Yo también estuve en la Olimpiada; también me sentía alegre por todo, igual que un niño. ¿Cómo hubiera podido saber lo que más tarde sucedería?

Dio un triste suspiro y bebió. Por un instante se quedó ausente; le pasaba a menudo, duraba unos segundos y luego retornaba a la realidad. Ahora ha retornado también.

—¿Y qué más? Debido a la Olimpiada decidiste sentirte vinculado a Sarajevo, al conflicto, y has resuelto escribir —había en su voz sarcasmo y desconfianza.

—No —le interrumpí bruscamente—. Aquí he vivido los siete días más felices de mi vida. Acababa de llegar cuando conocí en el hotel a Mirian, la corresponsal de la radio local. Recién graduada en periodismo y cinco años mayor que yo. Tenía el cabello de un precioso rubio dorado, dientes blancos deslumbrantes, senos grandes y rígidos, un carácter singular y la sonrisa más inverosímil del universo. Me enamoré en el mismo instante. Hice el ridículo toda la noche, pero al final logré convencerla para ir a mi cuarto. Sigo guardando su pañuelo de aquella noche. Lo robé y sigo guardándolo.

Metí la mano en la mochila y saqué de ella el pañuelo de seda, que ya hacía mucho que había perdido el aroma de su cuerpo. Zoran tocó el pañuelo. Parecía atónito por ese viraje inesperado.

—¿Y qué ocurrió?

—Pasamos juntos esos siete días. Vivimos en un cuento de hadas. De ese modo te puedes enamorar una sola vez en la vida. Frecuentábamos las cafeterías de Sarajevo, no paramos de hacer el amor. Con su carné de periodista presenciamos una de las competiciones; yo, claro, no tenía entrada alguna. Y, además, fue en los saltos de esquí. Nunca lo olvidaré. Era un día tenebroso, pero antes del último salto las nubes se dispersaron por un rato. Le tocaba saltar a un japonés. Al aterrizar, la nieve nos cubrió como polvo de plata. Me incliné y nos besamos un largo rato. Al día siguiente me fui a Bulgaria.

Me quedé callado. El silencio se instaló como una niebla sobre la mesa mientras Vlado Kalember seguía pintando imágenes verbales: *Zingarella, Zingarella, tesko sam se oprostao, od gitare I od vina, od topline tvoga tijela, Zingarella, Zingarella.*[7]

—¿Y qué ocurrió después?

—Estábamos locos. Seguimos buscándonos por teléfono, escribíamos cartas, pero era complicado entonces —las distancias, las fronteras—. Y siendo ella mayor que yo, tal vez había decidido no seguir conmigo. Aparecía de vez en cuando en mi vida. Llamadas telefónicas, cartas, postales del Adriático... Luego se casó. Creí que nunca más volvería a verla. Mi carrera deportiva se jodió. Dos días después de haber regresa-

---

7   «Cingarela, Cingarela, me duele renunciar a la guitarra y al vino, al calor de tu cuerpo, Cingarela, Cingarela».

do de Sarajevo tenía una competición en Borovetz. Habíamos pasado toda la noche charlando y sin dormir. Ni siquiera miré el trampolín al volar desde los setenta metros. Perdí el equilibrio y me caí. Mi rodilla se hizo pedazos y se acabó el deporte. Me entregué a mi segunda pasión, la Geografía. Era estudiante en la Universidad, después hice los estudios de posgrado, luego profesor asistente. Un día tuve que viajar a Ljubljana con motivo de una conferencia.

Recogía la llave en la recepción cuando una voz me dejó clavado en el suelo. «Jorjy, Jorjy, ¿eres tú?»

Era su voz. Solo ella me llamaba Jorjy. Resultó que había continuado con su carrera de periodista. Resultó que estaba en Ljubljana con motivo de un encuentro de baloncesto. Resultó que se había divorciado. No había tenido sexo con ganas desde la última vez que estuve con ella. Hicimos el amor hasta el amanecer. Al día siguiente ella regresaba a Sarajevo. Nos prometimos hablar por teléfono al regresar, vernos muy pronto, ya que para nosotros no todo estaba perdido. Que teníamos tiempo. Ya, que teníamos tiempo…

—¿Por qué?

—Porque era el seis de abril del noventa y dos. El día de mi cumpleaños.

Se extinguió todo. Me acordé de ello, y en absoluto quería recordarlo. Pero Zoran me había provocado. Ya me estaba arrepintiendo por haberlo contado.

—La mataron, ¿no?

—Sí, dos meses después. Hablábamos siempre que había conexión. Un día la conexión se cortó. Zoran, yo era incapaz de asimilarlo. Y, ¿por qué, carajo? ¿Por qué demonios sucedió esa mutua matanza? ¿Qué religión propaga la violencia? ¿Cuál es el Dios que quiere que matemos? ¿Quién es, Zoran, quién es? Matar en nombre de Dios es matar al propio Dios. Por eso me he dedicado a los conflictos etnoreligiosos, por eso estoy escribiendo este libro. Nada va a cambiar, no puedo hacerla volver, pero al menos puedo hablar, gritar lo que pienso. Zoran, ¿por qué se mataron igual que salvajes? En la Olimpiada todos parecían tan felices juntos. En mi país, en los Ródopes, también son cristianos y musulmanes; mi mejor amigo se casó con una musulmana. Allá, en la montaña, hay dos caseríos: Gudevitza y Gozdyovitza. Fueron fundados por dos hermanos, Gudyo y Gozdyo. Vienen los turcos, uno es musulmán, el otro cristiano y no dejan de ser hermanos y de prestarse ayuda hasta el fin de su vida. Hoy día, las mujeres de ambos caseríos se hermanan, se declaran hermanas para ayudarse mutuamente durante toda la vida. En 1913 un regimiento de caballería del ejército otomano invade los Ródopes y los habitantes del cristiano Gudevitza se dieron a la fuga. El área del caserío estaba marcada por una cerca de alambre. Un padre con un bebé en brazos salta la cerca, los soldados les están pisando los talones y disparan... Su alpargata se engancha en la cerca y el bebé cae de sus brazos. El hombre intenta saltarla de nuevo y salvar al bebé, pero los soldados están ya muy cerca, disparan contra él y quieren matarlo. Y el hombre abandona al niño. Logra salvarse. Un mes más tarde vuelve a Gudevitza, ya enloquecido por la pena, y se topa con lo siguiente: desde una casa del Gozdyovitza musulmán vieron la fuga del hombre y, al alejarse la caballería, echaron a correr y salvaron al bebé. Al frente estaba la abuela Lidka, a la que conocía en persona.

Zoran movió la cabeza, el sudor volvió a mojar su frente.

—Compadre —dijo en voz baja pero muy firme—, si hubiéramos podido construir una fábrica en los Balcanes que produjera energía a base de mierda, ya seríamos millonarios.

Las luces van declinando paulatinamente. Me recuerdan los ojos de una puta de carretera en las primeras horas de un día de invierno. Acristalados por el frío. Reflejando los faros de los coches volantes como un espejo. Pero sin un brillo propio. Reflectores vacíos. Ponen de nuevo *Srebrna krila*. Ya desde niño me gustaba el grupo. A Zoran también. Se anima.

—No pude entender, sin embargo —dijo—, ¿por qué decidiste escribir de la guerra, de *nuestra* guerra?

—No es solo de ustedes. Es nuestra también; balcánica, universal. Quería que la gente supiera de los sufrimientos, de la insensatez, del silencio tras las balas, de los corazones yertos y las miradas de los supervivientes. La he sentido, la he vivido, he leído de ella, he visto vídeos.

—¿Leíste de ella?

—Sí.

—¿Viste vídeos?

—Sí.

—¿Y crees que has entendido algo?

—No lo sé. Me siento cansado, en realidad...

Acabé de tomar el segundo trago y dejé la copa en la mesa. De golpe me sentí triste, vacío.

—Me siento muy solo y desesperado, hermano. Un *locer*, un *outsider* por excelencia, de mediana edad, sin meta, sin rumbo, sin pareja, sin familia, sin sentido. Un cero a la izquierda.

Sonó de modo ensordecedor una de mis canciones favoritas de *Srebrna krila*. La voz de Vlado Kalember descendió como el vuelo en picado de una gaviota, flotante en la libertad de su sereno volar entre las nubes que rodean el rostro de una luna precoz.

Zoran también se tomó el segundo trago. Golpeó furioso la copa contra la piel de madera de la mesa. Su cuerpo dio un salto de la silla. Y en el instante que Vlado cantaba explicando: *Ne, nemoj reci da sam drugi, nije vazno to sto nisam prvi, jer ja sam sanjar, jer ja sam sanjar, jer ja sam sanjar*[8] —él gritó:

—Es decir, *tú* estás desesperado. Tú, tú, tú. Tú, sumergido en la autosuficiencia de tu descontento intelectual de la vida. No me vengas con eso, conozco todo eso bien, lo conozco muy bien. —Se levantó de un salto y empezó a dar vueltas alrededor de la mesa—. Por la mañana se toman el café en una cafetería de lujo, por la noche se hartan de beber whisky, van palpando con mirada voluptuosa a las vendedoras de carne, las putas intelectuales, que tienen tantas ganas de follar que no pueden con ello y, sin embargo, mantienen prietos los muslos como si tuvieran entre ellos una alforja con monedas de plata. Filosofan sobre la vida y están siempre insatisfechos. Les conozco bien. Ustedes sí que no saben nada de la vida, pero que nada de nada de la vida.

A pesar de toda esa perorata, nadie nos hacía caso. La gente de aquí está acostumbrada.

—¿Sabes una cosa, hermano? ¿Sabes lo que es comer ratas, follar cadáveres, robar a tu madre? ¿Sabes lo que es vivir todos los días como si fueras un peluche en un campo de tiro? ¿Recoger extremidades humanas de las zanjas, mirar a la muerte a los ojos como si fuese tu amante y a la que no quieres follar más pero ella no quiere irse? ¿Sepultar a menores que aún no han conocido la vida? ¿Sabes lo que es eso?

Estábamos cara a cara, a unos centímetros de distancia. El sudor corría por su rostro surcado de arrugas y Vlado Kalem-

---

8 *«No, no me digas que he de cambiar, no importa no ser el primero, porque soy un soñador, porque soy un soñador».*

ber, con su voz ronca que enloquecía a las chicas durante el socialismo, cantaba: *J igram na sve, igram na sve, igram na sve ili nista...*[9]

Me eché a llorar. Sería por el aguardiente, por su fuerte olor o por los recuerdos. Estiré los brazos y agarré con ambas manos su cuello sudoroso. Y la voz de Vlado flotaba igual que el aliento a ganja: *Jer ja sam sanjar lutalica, lutalica, lutalica, pod ovim nebom luda ptica, luda ptica, sanjar lutalica...*[10]

—He traicionado, hermano. No me duele haber sido traicionado, que se vayan al carajo, pero no puedo soportar el haber traicionado *yo*.

—¿Traicionaste?

—Al único ser que me ha querido de verdad.

—Traicionaste.

Nuestras frentes estaban juntas, algo que podría ocurrir tan solo aquí, en casa, en familia, en la aldea. Al carajo Occidente. Que guarde su cutre, mediocre y estéril autoconfort. Únicamente aquí podemos ser tan familiares aun siendo desconocidos.

—Tú no tienes ni idea, hermano —rompió a llorar; desarticulaba no solo las palabras, desarticulaba las letras e, incluso, las pausas entre las letras—. Tú no sabes lo que es traicionar. No lo sabes, y menos mal que no lo sabes, ¡joder!

Y Vlado seguía inflando el ambiente lleno de humo de *Las tres botellas: I tebi sam isto rek'o, da si ljepsa no sve druge, I tebi sam isto rek'o, sve sa smijeskom, al's puno tuge...*[11]

---

9   «Yo juego a todo, a todo o nada.»

10   «Porque soy un soñador perdido, un vagabundo, un trotamundos, una loca ave bajo el cielo, ave loca, soñador.»

11   «Te lo dije ya, eres la más bella, más que todas, te lo dije ya, que siempre sonrío pero con mucha tristeza.»

17:37

En las cercanas colinas ya descendía el crepúsculo, y con él llegaba la sensación de desesperanza. Cuando brilla el sol puedes olvidar la guerra, aunque sea por un breve instante. Creer que todo está bien y salir fuera para dar un paseo, tomar una cerveza y dejar que el sol inunde de calor todo tu cuerpo. Pero al caer la noche empezaban a relampaguear en la lejanía los disparos de los francotiradores. No es que no disparasen durante el día, pero entonces se escuchaba solo el silbido de las balas, y a veces ni siquiera se percibía. El siguiente cuerpo desplomado en el fango era la clara señal de que estaban disparando. Y de noche era horrible. Tenían la sensación de que los francotiradores estaban detrás de cada esquina, en cada balcón, en todas las azoteas. Y ese infierno no tenía fin. La oscuridad traía el miedo. Eran frecuentes los apagones de luz, de modo que solo las llamas de las velas (en las ventanas que no estaban tapadas con gruesas cortinas) daban testimonio de que la ciudad vivía. Por la noche y al amanecer se daba el mayor número de víctimas. Los habitantes de Sarajevo tenían las almas encogidas por el terror. La muerte andaba de puerta en puerta y la gente no daba abasto en recoger los cadáveres

de las calles. Rogaban con vehemencia, pero Dios permanecía
taciturno. Todos son taciturnos e iguales ante las armas cargadas. Davor no creía en Dios, no creía en nada, en realidad,
después de que la guerra le hubiese quitado casi todo.

«La guerra no es una aventura.
Es una enfermedad. Es como el tifus»

Antoine de Saint-Exupéry

Todo su ser se sublevaba contra la insensatez de esa guerra.
Cada tañido del reloj se clavaba en su corazón igual que los
chinches que su mamá utilizaba para cubrir en verano los
cristales de las ventanas con papel vegetal, para que no entra-
se el sol y dañase los muebles. Ahora necesitaba el sol.
  Entró en el baño. Sentía la necesidad de quedarse un momento a solas. Se sentó en el lavabo y se relajó. Estaba nervioso y hacía días que tenía diarrea.
  —¡Davor, Davor! —gritó Aida desde fuera.
  —Estoy en el baño, Aida.
  —Ah, bien, quería preguntarte algo.
  —Enseguida salgo.
  —No hay problema, no es nada urgente.
  Le gustaba la melodía de su voz. Desde la infancia estaba
como hechizado por esa melodía. Aida cantaba muy bonito, y
cuando cantaba en sus ojos brillaba una llamita. Podría estar
horas enteras escuchándola. Muchas veces, cuando estaban
solos, le pedía que cantara. Cerraba los ojos y soñaba despier-
to con los mundos a los que lo llevaba su voz.
  Tal como habían acudido juntos el primer día a la guarde-

ría, juntos fueron también para el primer día de clases. Iban a estar en un mismo grupo y, por supuesto, se sentaron juntos en un pupitre. Los separaron en un momento posterior, pero pasaron el primer día en la escuela sentados uno al lado del otro, así como iban a seguir en cada nuevo inicio de la vida.

Su primer auténtico viaje. Era el verano del ochenta y seis, inmediatamente tras el Mundial de México. Davor había pasado todo el mes ante el televisor, ya que el Mundial fue el acontecimiento más importante del año. Después de la final (en que su favorito equipo de Argentina con el genio Diego Maradona ganó la copa) se marcharon con Aida a Pokrovice, donde vivía su abuela. La aldea estaba a orillas del Neretva, muy cerca de Mostar. Era uno de los sitios más bonitos de Bosnia. Iban a pasar allí dos semanas. Su abuelo por vía materna había fallecido y su abuela vivía sola. Era una mujer fuerte. Fue la primera en decir a los familiares que no se entrometieran en la vida de Davor y Aida, cuando ya eran mayores. Era cierto, la gente vivía en común, trabajaba en común, estudiaba en común, bebía en las cafeterías siempre junta, pero la diferencia en las religiones persistía. Su abuela, sin embargo, necesitó de una sola visita a Sarajevo, de una sola hora en la compañía de la ya crecida Aida para entender que esa chica, seria y prudente, sería un auténtico soporte para su nieto. Aun en aquellos tiempos, Aida desprendía seguridad. Por ello su abuela prohibió a todos meterse en los asuntos de los jóvenes.

No ocurría lo mismo en la familia de Aida. A medida que iban haciéndose mayores, los temores de sus padres se acrecentaban. Al tratarse de una religión más joven, el Islam es más conservador, más fanático. Según el Corán un musulmán puede casarse con una mujer no musulmana, ya que es de suponer que él impondría a su esposa la religión, o al menos las costumbres y las tradiciones. Sin embargo, está absolutamente prohibido a una mujer musulmana casarse con un hombre que no sea de la misma religión porque muy difícilmente conservaría su fe. Como si las religiones fuesen distintas. Respetaban a Davor y a su familia, pero estaban preocupados por el futuro de sus relaciones y de cómo Alá consideraría el problema. Pese a que en los últimos tiempos se habían olvidado un poco de Él, así como Él se había olvidado un poco de ellos. Dios ya no estaba en este lugar nefasto, y con Él se habían marchado las aves. Uno de los fenómenos más horribles de la Sarajevo asediada era la desaparición de las aves. Cuando los francotiradores no disparaban, en la ciudad se instalaba un silencio inusual. No había aves. Habían emigrado para siempre. Nadie sabía cuándo se habían ido. En los primeros meses se dispersaban con chillidos salvajes cuando empezaba el fuego de artillería. Luego, todo se hizo silencio. Un silencio inmenso, un silencio sepulcral.

Los ganadores de una guerra siempre son dudosos, pero los perdedores se conocen. Miles de peones sacrificados en aras de los intereses de una minoría de dudosos.

En el lejano mil novecientos ochenta y seis todo era distinto. Las aves cantaban, el verano era caluroso y divertido. Sobre todo para dos jóvenes chavales de dieciocho años, para quienes apenas comenzaba la vida.

Descendieron del tren bajo el ardiente sol de agosto. Los rieles desprendían calor y flotaba un intenso olor a durmientes de madera. Davor respiró a pleno pulmón. Quería a su pueblo. Era un chico de campo, pese a que nació y creció en la capital. Solo aquí, en el pueblo, su alma se desnudaba y dejaba secar bajo el sol todos sus problemas, inquietudes y molestias, y él era de nuevo el mismo niño de seis años que iba volando con la bicicleta por la calle central, haciendo dispersar los gansos.

Bajaron por la estrecha senda que conducía de la pequeña estación ferrocarril a la población. A sus espaldas, en la sombra fantasmal de la torre de agua, estaban paciendo unos asnos grises. Antaño, él tenía un asno favorito que llevaba su nombre. Al atardecer, camino a casa, le hablaba de la escuela, de los partidos de fútbol, de los goles marcados y las chicas de la ciudad.

Empujaron la puertecita oxidada y se sumergieron en la abigarrada sombra de la parra y en su embriagadora fragancia. Davor se dijo a sí mismo que debería reparar la puerta. Desde que su abuelo falleció, hacía unos diez años, su abuela se las arreglaba sola. Era en verdad una mujer firme y resistente, dura como la tierra en agosto tras varias semanas de calor y sequía.

Ella les recibió en la puerta de la casa, abierta de par en par. Al umbral llegaba el sabroso olor a cordero asado con legumbres. Les abrazó, dándoles un beso en la frente. Al llenar con aguardiente casero los tres vasos de fino cristal, según la tradición, le brotaron las lágrimas. Bebieron por la salud de los vivos y vertieron del líquido en el suelo para conmemorar a los difuntos. Sacaron luego la vieja mesa de madera —cuya edad nadie recordaba— y se sentaron para almorzar bajo la sombra del ciruelo, cargado de frutos. Los días en el pueblo se desensartaban como si fueran cuentas de un rosario: eran iguales y de igual despreocupación. Davor y Aida dormían, desde luego, en cuartos individuales y se levantaban tarde. Sobre todo Davor. Desde niño le gustaba quedarse más tiempo en la cama. Aida se levantaba temprano y ayudaba a la abuela en los quehaceres. No es que necesitara ser ayudada, pero le agradaba la presencia de esa chica joven a su lado. Parecía que la vida retornaba en esa casa, un poco descuidada después de la muerte de su marido, con las tejas caídas, la maleza saliente de las grietas en las paredes y el cobertizo semiderruido, debajo de cuyo techo inclinado se oxidaban martillos, tenazas y tijeras de podar. Rodeadas de gatos juguetones y al son del cacareo de las gallinas, ambas preparaban el almuerzo en el horno del jardín o lavaban la ropa en el lavadero de piedra en la fuente del patio. Y mientras estaban lavando, cantaban. Cantaban las locas, cálidas, cargadas de tanto dolor y sabiduría eterna, canciones de los Balcanes. Las que en pocos minutos y en una docena de versos podían contar la historia completa de la vida. De los impávidos héroes, caídos en los campos de batalla sin rendirse, del amor imposible que guarda su agrio sabor al fondo de las copas bebidas en toda la vida, de los hombres que se ganan el pan lejos del hogar, de la amante que no cumpliría con la promesa de esperar el regreso de su novio, de las sombras empotradas en las bases de las obras de jóvenes novias... El canto despertaba a Davor, que estiraba alegre las piernas, se levantaba, se acodaba en la ventana abierta y escuchaba. Al atardecer jugaba al fútbol con los chicos de la aldea y Aida leía. Ella siempre leía. Paseaban luego al lado del reducido por el calor cauce del río Neretva, mientras escuchaban el concierto crepuscular de los grillos.

Luego sucedió lo que Davor y Aida habían estado aplazando por miedo y pudor.

Los tres estaban cenando en el patio, escuchando el traqueteo de los picos de las cigüeñas y el soplido del austro. Davor había bebido un poco más de lo normal. No era demasiado, pero sí lo suficiente para saltar las barreras. Debajo de la mesa, tenía la mano posada sobre el muslo de Aida. Normalmente ella esquivaba tales gestos y no admitía mayor intimidad que un beso. Davor estaba contando una historia divertida, los tres se desternillaban de risa y, de pronto, él reparó en que esta vez Aida no había desviado su mano. Hasta se sintió molesto. Sus miradas se cruzaron y pudo ver en sus ojos el brillo de una chispa encendida.

Justo entonces su abuela pidió a Aida que cantase alguna canción. A ella no le gustaba cantar en público. Sentía cierto estorbo. Con el coro era distinto, allí era parte del conjunto y por ello sentía molestia de actuar sola. Davor creía que en esta ocasión ella iba a desviar la propuesta, pero Aida hizo solo un gesto afirmativo con la cabeza. Se levantó, atusó su vestido y entonó *Nesanica*. Davor se quedó tieso, sintió su estómago en un puño por el deseo de escucharla. Era su canción favorita, la predilecta.

Y Aida cantaba como nunca antes lo había hecho. Parecía que la letra estaba naciendo en su alma y brotaba de ella con todo el poder de la melodía.

Na srcu mi lezi jena rana koja nace iz njedra nigdje Llevo en mi corazón una vieja herida y de él no quiere salir *pa se srce pita moje bez nje zivejeti kako li je, kako li je* y mi corazón se pregunta: vivir sin ella ¿cómo sería? ¿Cómo sería? *pa se srce pita moje bez nje zivejeti kako li je, kako li je* y mi corazón se pregunta: vivir sin ella ¿cómo sería? ¿Cómo sería? *idi, idi nesanice da ne vidim tvoje lice da mi zora bol ne stvari idi, pusti me da je odsanjavam* Ve, ve insomnio, no quiero ver tu cara. Que no me haga sufrir el alba. Ve, te lo pido, déjame soñarlo de nuevo. *Na srcu mi lezi jedna stara rana daj opusti srce je moli a rekla je daga dugo nece boljeti ali boli alo boli* Dentro de mi corazón llevo una vieja herida, libérame le ruega el corazón, me dijiste que no sería persistente el dolor, pero siento el dolor, siento el dolor *a rekla da ga dugo nace boljeti, ali boli, ali boli, ali boli, ali boli.* Me dijiste que no sería persistente el dolor, pero siento el dolor, siento el dolor...

Davor supo que ese era *el instante*. Lo sentía con todo su cuerpo y alma. Se levantó de la silla, dio unos pasos, deslizó sus brazos alrededor de la delicada cintura y la llevó rumbo a la casa. Su abuela, con una sonrisa en los labios, hizo la señal de la cruz, se echó aguardiente, vertió un poco en el suelo y bebió. Davor quiso decir algo, pero Aida puso un dedo sobre sus labios. Una lámpara solitaria esparcía su luz argentina, en la lejanía resonaba el paso de un tren, los gallos cantaban con entusiasmo, flotaba el olor a humedad nocturna y césped recién cortado. Subieron las escaleras hacia el segundo piso. Aida empujó la puerta crujiente, que estaba hinchada por la humedad, apretó la clavija y la luz de la bombilla desnuda iluminó la habitación. Unas pintadas flores trepantes cubrían la otrora amarillenta pared, ya descolorida igual que la vida en el pueblo. Desde las viejas fotos en blanco y negro que colgaban de ella miraban rostros joviales, tristes, serios con los rasgos de Davor. Aida cerró la puerta. Se acercó a la cama, quitó la manta y luego apagó la luz. En voz muy baja y de cara a Davor dijo:

—¡Ven, Davor!

El estruendo de una moto se oyó en la calle, alguien cantaba y reía a carcajadas. Los grillos no paraban de estridular, se oyó el lejano ladrido de un perro. Davor dio unos pasos hacia la vieja cama con tablas de metal y cisnes pintados, con olor a naftalina y una sábana de paño basto.

Largo rato, muy largo rato después, permanecieron acostados y desnudos, cogidos de las manos y con las miradas fijas en la oleaginosa blancura del techo, donde corrían veloces las luces de los coches que circulaban en la calle. Yacían cansados, felices, cómplices, escuchando su respiración y los ruidos que se apagaban en la calle.

Davor salió del baño y volvió a la cocina, donde estaba Aida. El pánico se apoderaba de ella y permanecía sentada al borde de la silla de madera con las manos metidas bajo sus muslos.

—Aquí estoy, mi amor —dijo—. ¿Qué querías preguntarme?

Ella lo miró y con dedos temblorosos atusó un mechón de cabello detrás de la oreja. Su firmeza de antes se había evaporado.

—¿Qué necesitamos llevar? —preguntó.

—No lo sé — respondió—, ha de ser poco.

—Pues una maleta por lo menos.

—¿Una maleta?

—Sí, una maleta de viaje. O un saquito.

—No creo, Aida —dijo suavemente—. Hemos de tener las manos libres, no sabemos qué podría pasar. Todo lo que vamos a llevar ha de caber en los bolsillos: los documentos, el dinero, la ropa blanca, algo para comer.

—¿Solo eso?

—Solo eso. Lo demás estorbaría.

—Vale, voy por la ropa blanca y a preparar unos bocadillos.

Se levantó y fue con paso firme hacia la habitación; había recobrado la valentía. Era una mujer fuerte.

Davor la cogió por el codo, la arrimó contra sí y besó sus labios. Sintió su olor y, a pesar del momento, esa intimidad lo dejó aliviado. Ella respondió a su beso y entró en la habitación.

Era un cuarto sencillo: una cama doble de antes, con tablas de madera, dos sillas, un pequeño tocador pulido de color marrón con espejo, un arca, el inminente gobelino en la pared, una mesita para las joyas y lámparas a ambos lados del lecho. Las blancas persianas estaban bien cerradas, resguardándolo del mundo exterior. Aida abrió el arca. Ropa, libros —algunos desempaquetados— que permanecían intactos desde que se mudó. El año anterior, sus padres se habían mudado a casa de su abuela en la parte bosníaca de la ciudad y ella vino a casa de Davor. ¡Cuánto tiempo había pasado —pensó— desde que dejó de leer, a pesar de que era uno de los mayores placeres de su vida! Los libros eran el mundo diferente, el verdadero mundo y no el inventado en el que se veía obligada a vivir. Era un mundo en el que existían la moral, la honra, la dignidad, los caballeros, el amor verdadero y la verdadera muerte. Y aquí todo era falso, inventado, comprado y vendido. Menos el amor entre ambos. Este amor nadie iba a poder comprarlo. Tanta gente intentaba separarlos desde que comenzó la guerra. No dejaban de convencer a Davor a que se fugara y se salvara ya que, siendo serbio, no hubiera tenido problemas. Podría estar en otro lugar a miles de kilómetros de allí, con otra mujer, con hijos, sentirse tranquilo y feliz y solo en algún rincón profundo de la memoria guardar el recuerdo de esa guerra atroz. Davor hubiera podido, pero no lo hizo. Aunque ella también intentaba persuadirlo cuando la vida cotidiana se volvió todo un infierno. Era el invierno del noventa y dos, con un frío terrible, con hambre, oscuridad y un tiroteo incesante desde las colinas. Quedaba claro ya que nadie iba a parar esa locura, que a nadie le importaban los habitantes de la ciudad. Los medios de comunicación divulgaban estupideces y la gente fallecía cada día. En aquel entonces estalló el mayor escándalo entre ellos. Riñeron por la religión. Ésta, la que presuponía unir a la gente, hacerla más bondadosa, más humana, más cercana a la perfección y a Dios. Aunque esa misma religión ya separaba familias, amigos, enamorados y asesinaba a inocentes.

Habían ido a visitar a la tía de Aida, que se encontraba enferma, y regresaban al atardecer. Las calles de Sarajevo estaban sumergidas en la luz crepuscular y esparcían olor a carne putrefacta. Ya estaban cerca del bloque, quedaba por atravesar solo un parque infantil. Se cruzaron con un hombre que llevaba de la mano a una niña que aferraba contra sí una pelota de colores. El hombre prácticamente la arrastraba y su semblante estaba tenso de miedo. La niña soltó la pelota sin querer y dio un grito:

—¡La pelota, papá, la pelota!

—¡Al carajo la pelota, Vera! —estalló el padre—. ¡Al carajo, ya casi llegamos!

La pelota rebotó en la acera y empezó a dar brincos hacia el parque infantil.

Luego, todo sucedió en un abrir y cerrar de ojos. La niña dio otro grito, se liberó de la mano que la sujetaba y corrió tras la pelota. El hombre quedó paralizado. Davor soltó la mano de Aida e intentó precipitarse en pos de la niña. En ese mismo instante resonaron los disparos. La primera bala dio en el hombro de la pequeña. Ella agitó las manos y cayó. Davor se quedó tieso, luego se dirigió otra vez hacia ella. La niña lloraba y extendía su manita hacia él. Nunca olvidaría esa manita. La segunda bala dio en el estómago, la otra en la frente, y la cara de la niña quedó sumergida en sangre. Tal cual. El padre se lanzó hacia ella, resonaron dos disparos más y tras ellos se hizo el silencio. Un horripilante y cósmico silencio.

Aida no logró calmarse hasta pasadas muchas horas y se lo reprochaba a él, a su religión y a sus compatriotas. Pero él, ¿tenía que ver algo con esas personas y, además, era suya esa religión?, se preguntaba. No dejó de soñar largo tiempo con la niña anegada en sangre.

Aida también estaba presionada por los familiares. La comunidad musulmana en su totalidad trataba de contraponerla a Davor. No paraban de explicarle qué bestias eran los serbios y cómo él iba a traicionarla o, con toda probabilidad, a degollarla mientras dormía. Uno de sus tíos, que ya había perdido a sus dos hijos, hasta le dio una bofetada tildándola de «puta cristiana». Luego vino lo peor. Su padre se lanzó a defenderla y las dos familias se cogieron por el cuello. Literalmente.

Se habían reunido para celebrar el noviazgo de su prima Hatidje. Al ser un acto solemne, la mesa estaba repleta de platos y bebidas. Además, el novio no era uno cualquiera, era hijo del imam. Aida se sentía muy contenta por su prima. Era una chica decente y desde pequeña pensaba tan solo en la boda. Todo iba bien, pero en un momento dado el alcohol aturdió las mentes de los hombres y éstos se ocuparon de Aida. Por su relación con Davor, desde luego, a pesar de que todos los conocían desde que eran niños. Su tío decía a voz en grito que sería una mancha negra para toda la familia, que si ella no entraba en razón o su padre no podía hacerla entrar en razón sería necesario que otro lo hiciera. Además, ya tenían algo pensado, un joven que era firme, decente y de la fe verdadera. El imán hablaba y hablaba, asegurando que el Profeta jamás perdonaría aquella traición y que Aida iba a arder en el fuego abrasador del infierno por haber traicionado y manchado la fe; que en el mundo árabe mujeres como ella eran arrastradas desnudas por las calles antes de ser apedreadas hasta la muerte. Y cuando su hermano dijo entre dientes que sería mejor que le mordisquearan los perros del Miliacka en vez de ultrajar a la familia entera, su padre volcó la mesa y se abalanzó sobre él. Riaz le siguió. Se tiraban vasos, se rompían platos y caía una cascada de blasfemias, maldiciones y amenazas. Un hombre desconocido tenía atrapada a Aida y durante todo el tiempo le explicaba que todo aquello sucedía por haberse convertido ella en una puta cristiana y que con personas de esa índole ellos bien sabían cómo obrar. Aida no pudo entender quiénes eran *ellos*.

Entonces intervino su madre. Gritaba, como nunca antes la habían oído gritar. Estaba en el centro de la habitación y gritaba. Decía que los cuatro saldrían de la casa y jamás volverían a pisar el umbral y si alguien siguiera ultrajando a su hija, ella sería capaz de matarlo. Desprendía una intransigencia y una fuerza tan rotundas que todos quedaron atónitos. Sirkun, el primo y hermano de Hatidje, alzando la voz dijo que nunca iba a traicionar su fe, como otros habían hecho, pero no permitiría que en su casa hubiera riñas y amenazas a los familiares. Ayudó a Safet a levantarse y los acompañó hasta la puerta. Riaz llamó un taxi y mientras estaban esperando su padre empezó a llorar. Nunca le habían visto llorar. Era la sentencia más grave para Aida.

Sí, todos estaban contra ellos, todo era adverso, pero pudieron resistir. Se rebelaron contra el mundo entero para defender su derecho a amarse. Y ahora faltaban menos de tres horas y media.

Aida tomó unos pares de ropa blanca, medias y calcetines para los dos y revolvió el cofrecito con las joyas, pero no sacó ninguna.

ENTREVISTA

Patio de una mezquita. Cuadrado, de hormigón; gris, soso, triste. Aquí, Dios está ausente; una silla, caballete, luz, cámara, desolación.

—*¿Nombre?*

—Vajid. Vajid Jalilovic.

—*¿Edad?*

— Cuarenta y siete.

—*¿De dónde eres?*

—Miškovci, a unos veinte kilómetros de Sarajevo.

—*¿Dónde estuviste durante la guerra?*

—En todas partes.

—*¿Podrías precisar?*

—Cierto tiempo estuve en Sarajevo durante el asedio, una época horrible, no quiero recordarla. Cada día estábamos como en un campo de tiro, blancos móviles, y lo que no alcanzábamos a saber era cuándo iban a dar en nosotros.

—*Sin embargo, has sobrevivido.*

—Sí, tuve suerte, si es que se le puede llamar suerte.

—*¿Por qué?*

—Las cicatrices quedarán para siempre. Sueño con ellos cada noche.

—*¿Con quienes? ¿Con los asesinados?*

—Sí, estaba en el mercado cuando cayó aquel proyectil. Transportaba unos cuerpos amorfos, sin piernas, con los cráneos perforados, con intestinos salientes. Y estaban vivos, rogando socorro. No queda nada de su cuerpo y mira con unos ojos rogantes pidiendo auxilio. Coincidimos con una mujer embarazada justo antes de caer el obús. Un trozo de armazón oxidado se le clavó en el vientre. Todo quedó empapado de sangre e inmundicias, el saliente pedazo dejaba ver el feto dividido en dos; la mujer agonizaba, pero apretaba mi mano igual que unas tenazas mientras me preguntaba si el niño estaba bien.

—*¿Cuánto tiempo permaneciste en Sarajevo?*

—Algo más de un año.

—*¿Cómo lograste escapar?*

—Por pura casualidad. En eso sí tuve suerte. Frecuentaba los puentes del Miljacka. Era de noche y no tenía la menor intención de hacer nada, tan solo mirar y sentir la orilla opuesta. Entonces, unos jóvenes echaron a correr. Alguien abrió fuego, ellos respondieron; veía los puntos de disparo de los francotiradores y fui directo a cruzar el río. Contaba con que la atención de los francotiradores estuviera puesta en los jóvenes. Así fue, en realidad nadie notó mi presencia y pude escapar. No tenía nada, ni dinero ni documentos, únicamente la ropa que llevaba encima.

—*¿Y no tenías familiares en Sarajevo?*

—Algunos, y no muy cercanos. Iban a creer que me habían matado, y la verdad, así fue. Los familiares estaban en Miškovci, pero resultó que tampoco eran tan familiares. No quiero hablar de eso.

—¿*Por qué?*

—Desde que Ysmey me abandonó no ha quedado mucha gente por la que valga la pena vivir.

—*¿Y después de Sarajevo? ¿Qué sucedió después de Sarajevo?*

—Andaba sin rumbo fijo, me alimentaba con raíces e hierbas y logré llegar a tierras bosnias.

—*¿Y después?*

—Después me dieron armas, comida y ropa. Después he luchado.

—*¿Asesinabas?*

—Sí, asesinaba. Es la guerra. Matas tú o te matan a ti.

—*Después de todo lo que has vivido en Sarajevo, ¿pensabas en el valor de la vida humana? En fin, eras maestro antes de la guerra.*

—¿La vida humana? Cuando la muerte se convierte en algo cotidiano te vas acostumbrando, pierdes la sensibilidad; no piensas en nada que no sea sobrevivir hasta el atardecer, tomar doscientos gramos de aguardiente de ciruelas de un golpe para diluir lo real y lo imaginario. Y saciarte. Ni siquiera nos lavábamos las manos algunas veces, por sentirnos agotados y hambrientos. Con las mismas manos que has matado durante todo el día te sientas y comes, y tú, haciéndome preguntas sobre la vida humana...

—*¿Por qué lo hacías? ¿Por Alá, por Mahoma?*

—A decir verdad, no. No fue a causa de la religión.

—*¿Y por qué entonces?*

—La violencia provoca violencia. La impotencia también provoca violencia. Eso es. Tampoco es la sed de venganza, más bien por ser la única manera de restablecer parte de tu autoestima.

—*¿Has estado en Čelebic?*

—*(Tras un larguísimo silencio y mirando en el asfalto ceniciento.)* He estado.

—*¿Se corresponde con la verdad lo que se dice de ese lugar?*

—*¿El qué?*

—*Lo de las aberraciones, la violencia, los asesinatos, las tumbas masivas...*

—*(Otra vez tras un largo silencio.)* Es verdad.

—*¿Has tomado parte?*

—Sí.

—*¿Tú? ¿Un maestro?*

—Había dejado de ser maestro.

—*¿Y qué eras?*

—Un soldado. Los hombres no nacen soldados. Simonov lo ha dicho muy bien, pero cuando lo son por obligación no les queda nada de lo humano.

—*Y más concretamente, ¿qué estaban haciendo?*

—De todo. Maltratábamos a los serbios con garrotes metálicos, les hacíamos pasar en vela noches enteras, los punzábamos con las bayonetas mientras comían. Los fusilábamos por sorteo.

—*¿Te da vergüenza ahora?*

—No.

—*¿Te sientes orgulloso de ser un defensor de la causa musulmana?*

—No, no siento apenas nada... Nada, en realidad nada. Soy más insensible que ese asfalto.

—*Ysmey, ¿por qué te abandonó?*

—No me ha abandonado. Eligió a Faruk, simplemente.

—*¿Sabes dónde se encuentra hoy día?*

—No. Lo único que sé es que Faruk había sido asesinado durante la guerra.

—*¿Y si Ysmey vuelve para estar contigo?*

—Nada retorna en esta vida. *(Otra larga pausa silenciosa.)* Si vuelve, yo ya soy un ser distinto.

—*¿Cómo vives hoy con los serbios? ¿Cómo se miran? ¿Qué trato tienen?*

—Muy difícil. Nada ha sido olvidado, nada será olvidado. Ni una sola herida ha cicatrizado, ni va a cicatrizar. En cada serbio veo al asesino de la mujer embarazada y el feto partido. Me dan ganas de gritar a cada uno de ellos: «Tú la mataste, ¿no?»

—*O sea, no tienen un futuro en común.*

—No lo tenemos. El odio persistirá, la desconfianza también. Y serán transmitidos a nuestros hijos. Y, seguro, alguien se aprovechará de esto, pasado cierto tiempo.

—No-o-o, no has entendido nada, tío, absolutamente nada.

Zoran giraba el dedo alrededor del borde del vaso. Sus estados de ánimo recordaban el cardiograma de una persona que está a punto de sufrir un infarto de miocardio: arriba-abajo; arriba-abajo… Ahora estaba sosegado.

—No hay manera. Nadie puede entenderlo. Deberías haber hervido en tus propios excrementos para entenderlo. Literalmente. Caminamos por el puente Šeher, yo y Boban, estamos juntos desde pequeños. Es mediodía, julio, hace calor y nos damos prisa. Yo voy primero, él detrás de mí. Y yo hablándole y hablándole… y en un momento dado me doy cuenta de que él no me responde. Me giro atrás y le grito: «¡Oye, Boban!», y me quedo inmóvil. Boban está tirado a unos cinco metros de mí y su boca está completamente abierta, asemejándose a una sonrisa. Dentro brilla el diente de hierro que le pusieron cuando estaba en el séptimo curso y su frente ha quedado arrugada por el asombro, igual que cuando lo examinaban de Matemáticas. Entonces no entendía absolutamente nada y ahora tampoco lo había hecho. Al lado de él hay un militar. Camuflaje, arma automática, apuntada hacia el suelo, silenciador. Rostro rubicundo, sudoroso, los extremos del bigote enrollados. Me mira y me juzga. Se me doblan las rodillas del horror. No digo nada. Solo miro la boca del fusil. Ese hombre me mide con la mirada, como si estuviera dudando en qué momento levantar el fusil. Oigo el Miljacka y noto cómo se me revuelve el estómago. No puedo hacer nada, estoy atrapado. Y el otro empieza a reírse. Se desabrocha el pantalón y me vigila... Y empieza a mear sobre el cuerpo de Boban. Y se ríe, joder, se ríe como un puto loco. Veo cómo su chorro salpica en la boca abierta de Boban y cómo levanta el fusil y me apunta. Y yo me cago encima, tío. Me cago y siento la mierda en los calzoncillos y cómo se pega a mis muslos. El tío se abrocha el pantalón y le quita el seguro. Cierro los ojos y me acuerdo de mi madre. En el pueblo, en Brckovića, lleva una bandeja con empanada casera. Y en ese momento cae el proyectil. Abro los ojos. Aquel hombre yace desmembrado sobre el cadáver húmedo de Boban. Y Boban parece como si aún siguiera riéndose. Cae un segundo proyectil y el puente se hunde bajo mis pies. Me quedo colgando a la mitad del puente atrapado entre dos trozos. Y así me paso unas cuantas horas. Y estamos en julio, con un calor tropical. Siento cómo la mierda se me pone a hervir en los calzoncillos. La siento, igual que ahora te siento a ti.

Estira el brazo, me agarra del codo y rompe a llorar.

Las tres botellas va llenándose de gente. Están flotando humo de tabaco, sudores evaporados, olor a parrilla, fuerte aroma de aguardiente, de perfumes femeninos. Las mesas de madera barnizada brillan, el viento que se cuela por la puerta hace sonar los cristales de la araña de luces. Un mundo abigarrado, desde yuppies hasta alcohólicos comunes y corrientes. La puerta es de dos alas y se abre en ambos sentidos, como las de los salones del viejo Oeste. Una de las alas da unos rechinazos estridentes en cada empuje. Y la voz de Vlado sigue flotando encima de nuestras cabezas: *J nisam prosjak al'lubav molim, ni zanesenjak svojih poema, zbog jedne zene koju ja volim, zivim taj zivot poput boema.*[12]

—Tienes razón —digo—. En eso tienes razón. Quería escribir algo impactante, verdadero, algo contra toda esta locura. Pero no la he vivido.

Hago un intento de levantarme, pero Zoran me lo impide. Me siento y me relajo en la silla. Zoran pide el tercer rakía.

—Lo vas a escribir, tío —dice—, lo escribirás después de oírlo. Lo entenderás y lo escribirás.

Nos traen las bebidas. Brindamos, tomamos un sorbo y suspiramos. Es agradable. Me sofoco, me relajo y me pongo a pensar que la vida puede que tenga algún sentido.

—¿Has sentido alguna vez miedo? Pero miedo de verdad —pregunta de repente Zoran.

—Pues sí, y quién no... De niño.

—No te estoy preguntando por entonces, te pregunto por ahora. ¿Has sentido aquel miedo aterrador a estas edades, cuando ya has comprendido todo este sinsentido y al saber que somos simplemente la última pieza del engranaje? Ese miedo que anida en el estómago, que custodia sus huevos y de ellos nacen crías y más crías, cada una más horrible y nefasta que la anterior?

—Sí —respondo—. Llevo cierto tiempo así. Y con una ansiedad...

—Sí, sí, sí. —Los ojos de Zoran se iluminan—. Eso precisamente quería decir. ¡Ansiedad! Así estuvimos viviendo durante cuatro años. Nos acostábamos y nos levantábamos con

---

12   *«Yo no soy pordiosero pero tiendo la mano para el amor, no soy ingenuo con mis poemas, pero por la mujer que quiero vivo esa vida como el bohemio.»*

esta ansiedad. Ni siquiera por un segundo podías relajarte. No había manera. Comes, cagas, corres y ella va como una sombra pegada a ti. Follas, tío, y tu pensamiento está en los proyectiles y te preguntas si empezarán a caer justo ahora. Todo lo haces como si fuera la última vez: comer, beber, follar. Pero no como si fuera la última vez en plan alegre y placentero, sino como la última vez después de la cual no hay más nada.

—No sé qué decir —respondo, murmurando y confuso.

—No digas nada —dice él—. Todos intentábamos vivir. Era para demostrarles que no nos rendiríamos. Algunos establecimientos convirtieron los sótanos en refugios y seguían trabajando. Nosotros formábamos el círculo *Las tres botellas*. Permanecíamos sentados en esas mismas mesas mientras fuera retumbaba el estrépito de los obuses y discutíamos sobre Nietzsche y Schopenhauer, comentábamos a Hesse y a Orwell, componíamos versos que cantábamos después al son de las guitarras, superando con la voz el estruendo de los cañones. Y fue solo para demostrar que estábamos vivos y que éramos más fuertes que ellos. Éramos seis: yo, el Chillón, Picasso, que pintaba maravillosamente y ya tenía varios premios internacionales antes de la guerra, el Greñudo —un alcohólico acabado y un genio, la Orquesta Filarmónica de Belgrado interpretaba piezas suyas—, Zlatko —crecimos juntos con él— y Vucha. Vucha el Loco. El ser humano más extraño en el transcurso del asedio de Sarajevo. ¿Sabes cuántos de nosotros sobrevivimos?

Me miró de reojo y yo respondí:

—No lo sé.

—Solo yo y Vucha el Loco. Nadie más.

Aida guardó la ropa blanca en una bolsita y recogió, sin embargo, la cadenita de oro que Davor le había regalado cuando estuvieron juntos de vacaciones por primera vez.

Acababan de ingresar en la Facultad de Biología de la Universidad de Sarajevo. Alquilaron una vivienda en Split. Querían haberlo hecho en Dubrovnik, pero no tenían suficiente dinero. Era una habitación en el último piso de una casa en los alrededores de la ciudad. Un espacio para dos jóvenes enamorados que estaban descubriendo la felicidad de estar juntos solos. Y, además, en Split, una de las perlas adriáticas de Yugoslavia. Iban andando cogidos de la mano por las estrechas callejuelas del centro, se besaban en las esquinas bajo el alumbrado público, con sus lámparas en forma de faroles medievales, inspiraban el aire salado del mar que traía el viento, mezclado con el olor a pescado frito. A veces se perdían en el laberinto de calles, doblaban una cualquiera, se precipitaban en patios desconocidos, se enrollaban en la ropa que estaba tendida, perseguían a los gatos callejeros agolpados en los patios, tocaban los timbres de latón de familias con apellidos diversos y después, corriendo, se escondían al doblar la primera esquina para observar desde allí cómo soñolientas amas de casa se asomaban a las ventanas y preguntaban enojadas: «¿Quién es?» No tenían mucho dinero, pero esto no les importaba. Comían de pie pescado frito con limón y cebolla que conseguían de los numerosos tenderetes en el puerto, compraban vino italiano barato y lo tomaban sentados en las cálidas piedras de la antigua muralla que daba a la fascinante bahía de Split. No tenían dinero, tenían sueños. Por entonces ni siquiera sospechaban que esa sería su mejor época.

Su penúltimo día en Split coincidió con el día de su cumpleaños. Aida despertó con la agradable sensación de un ser querido y le extrañó que él se hubiese levantado primero. A Davor le gustaba quedarse en la cama hasta el mediodía y hacía falta tirar de él para salir a pasear. Y ahora permanecía sentado en el sillón, con la pierna doblada sobre el reposabrazos; hacía como que leía el periódico deportivo, pero en realidad la estaba mirando con astucia. Ella se movió, quitó la sutil manta de lienzo, quiso tirarle una almohada y en ese instante vio que algo brillaba en su tobillo. Levantó la pierna y vio la cadenita de oro. Dio un salto de la cama y se abalanzó encima de Davor, el sillón se volcó y ambos cayeron sobre el calor blando de la alfombra multicolor.

Luego se lanzaron a las calles de la ciudad, caldeadas por el sol, y festejaron otra vez, juntos, el día de su cumpleaños.

Davor abrió una de las alacenas de la cocina y sacó una botella de whisky de contrabando. Se llenó un vaso y se detuvo frente a la ventana.

¿Tenía miedo, se arrepentía de algo? No, no se arrepentía, hubiera repetido todo de su vida. Pues sí, tenía miedo. Bebió un gran trago con los ojos entreabiertos y quedó a la espera de sentir el efecto candente del alcohol en su cuerpo. Se fijó en el cuadrado parque infantil que estaba rodeado de los bloques de viviendas y en la gente que lo atravesaba a toda prisa. Ya nadie en Sarajevo caminaba de forma normal, todos apretaban el paso al andar. Había crecido en ese recinto, su vida entera había transcurrido entre esos bloques. Le pasó por la mente que algunos de los que estaban disparando también habían crecido en esos barrios. Y simplemente no entendía por qué disparaban. ¿Cómo era posible observar la ciudad en la que has crecido a través de la mira y apretar el gatillo?

Un viejo *Zastava,* con el tubo de escape deteriorado, traqueteó en la calle. Davor pudo verlo doblar tras el bloque vecino cuando en ese mismo momento comenzaron los disparos. Allí donde había doblado el vehículo se produjo una explosión de fuego y un instante tras la erupción, de la esquina asomó un hombre en llamas. Ni siquiera gritaba, tan solo corría. Pronto cayó y las llamas fueron devorándolo.

Últimamente y con cada vez mayor frecuencia, Davor mezclaba lo real con los recuerdos y parecía que no se daba cuenta cuándo persistía en el mundo real. ¿Y cuál era el mundo real? Otro trago más, Aida. Volvió a beber. Sabía que no debería sobrepasar la norma, pero sentía una necesidad muy intensa de relajarse. ¿Qué era Aida, en realidad, para él? ¿Por qué estaba dispuesto a sacrificar incluso su vida por ella? ¿Por qué la quería tanto?

Se tomó el último trago, lavó el vaso y de nuevo se acercó a la ventana. La oscuridad se iba tornando más densa.

No se dio cuenta cuándo había entrado. Su presencia a veces era silenciosa, inconcebible, casi fantasmal pero siempre se percibía en el aire.

—¿Has bebido? —preguntó en voz baja.

—Pero ¿cómo lo notaste? —dijo, y una sonrisa afloró en su rostro; muy pocas cosas en los últimos días podían hacerle sonreír—. Eres un lince...

Ella también mostraba una sonrisa en los labios.

—Has dejado abierta la portezuela de la alacena, y sabes bien que la cocina es territorio mío y me doy cuenta de todo. Sabes que eso no está bien, ¿verdad?

—Lo sé, pero voy a reventar, necesito calmarme.

—Siempre dices lo mismo. No está bien, Davor, nunca antes has bebido, al menos de esta forma.

—Nunca antes había estado en una situación parecida.

—¿Es a causa de *esta noche*?

—No, a causa de todas las noches, a causa de todo, por la sensación de estar indefenso. ¿Y si estoy equivocado?

—Pues, es que yo te he apoyado... por completo.

—Con tal de que *yo* soy el hombre y *yo* asumo la responsabilidad.

Aida dio unos pasos, acercándose a él.

—Davor —dijo—, tú aún puedes escapar.

—Sabes que no lo haré. No podría vivir como un cobarde en cualquier parte y preguntarme qué sería de ti, de mamá, de papá. No sirvo para eso. No soy el hombre más valiente, yo también me cago de miedo, pero no puedo escapar. Seguro que recuerdas a Goran...

—Sí, el que emigró. Se había ido a Australia, ¿no?

—Suiza. El otro día me dijeron que se había suicidado. Había salido para el trabajo, tenía un buen empleo en un banco. Llevaba traje, corbata, zapatos de charol, maletín. A unos cien metros del banco, simplemente se quita la corbata, la pone doblada a una rama gruesa, hace un nudo y se ahorca. Lo hizo como si se estuviera rodando una película. Nadie pudo reaccionar. Sucedió en un abrir y cerrar de ojos. Sin advertir a nadie. Andando por el camino aflojó el nudo de la corbata y...

—¡Dios mío, qué horror! ¿Y por qué? Si ya se había integrado allí. Por lo que recuerdo, se fugó cuando recién había empezado el asedio.

—El tercer día. Sí, se había arreglado la vida allá, se casó con una linda suiza joven de origen albano. La última vez que hablamos por teléfono me dijo que estaba soñando con tener hijos; más bien hijas, soñaba con tener una hija.

—Pero ¿por qué?

—Alguien le había contado lo de su hermana Mirka.

—La conozco perfectamente, estábamos en el equipo de balonmano en la escuela. Y de ella, ¿qué cosa?

—No quería decírtelo... Ya sabes que se quedó por su novio Amir, él es bosnio. Creo que hace un mes regresaba del hospital, trabajaba como enfermera allí. Cuidaba de mucha gente, dos tercios de los cuales eran bosnios. No había transporte alguno y decidió volver a casa a pie. No es poca la distancia. De un almacén saltaron unos cuatro o cinco jóvenes borrachos. Eran bosnios. La metieron en el almacén. La violaron durante horas y, al final, la degollaron con una botella de cristal rota.

Pues sí, la guerra no tiene un rostro heroico y atractivo. La guerra es negra como la muerte que acarrea. Su negra sombra se había cernido sobre Sarajevo y no se desplazó ni una sola vez en el transcurso de 1395 días y 1395 noches. Muchos de los que disparaban a la ciudad desde las colinas habían crecido en ella. Habían compartido los desayunos y las meriendas, habían guardado mutuo afecto a las personas contra las que estaban disparando. Cada uno tenía al menos un amigo, una amante, que se había quedado en la ciudad cercada, pero seguían disparando igualmente. La guerra es opio. Cuando matas al primero es terrible, cuando matas al décimo es extraño, cuando matas a cien personas solo quieres más y más. Así es la naturaleza humana: sanguinaria. En ella luchan dos partes iguales: la oscura y la luminosa. Todo depende de qué mecanismo será puesto en marcha.

> «Cada guerra se debe no a una causa
> justa sino a manipulación, ignorancia
> (política y religiosa), mucho temor»

Y uno creía que asesinaba por el futuro de sus hijos, que está violando por una causa justa; que lucha en nombre del Dios verdadero. Un festín canino es toda guerra.

—Aida, tengo que salir un rato —dijo de repente Davor—. Para dar un breve paseo.

—Es peligroso —respondió sigilosa—, es muy peligroso, sobre todo hoy.

—Es que no puedo, Aida, voy a reventar. Iré cauteloso. Una vuelta al bloque. Siento que me pongo tembloroso. Mis padres sospecharán si me ven en tal estado.

—¿Y si te pasa algo?

—No me pasará nada, iré con cuidado, muy pegado al bloque, únicamente para sentir el espacio abierto y no estar entre cuatro paredes.

—Está bien, pero...

Este *pero* se quedó colgado en el aire, igual que muchas cosas más silenciadas en esa noche. Davor abrió de nuevo la alacena, sacó la botella de whisky y bebió un trago grande.

Después echó en sus hombros la cazadora y salió en el pasillo oscuro. Aida se detuvo en el marco de la puerta de la cocina, después dio unos pasos inseguros.

—Davor, vas a...

Pero él, simplemente, salió disparado hacia fuera. Y cuando la puerta se cerró silenciosamente a sus espaldas, el miedo la aferró del cuello. No tenía miedo a la muerte. Desde mucho tiempo atrás se había hecho a la idea.

Temía que él pudiera marcharse.

Davor bajó la escalera de dos en dos. Casi todas las ventanas estaban rotas. El portal colgaba destrozado, pero no por los obuses, tal vez estaba así desde la primera incursión de los soldados serbios en el bloque. Le dio un empujón con el pie y salió.

Respiró profundamente el aire estancado —primaveral, no obstante—, sintiendo el calor del día declinante. Se paró ante el portal vecino, sacó del bolsillo un paquete de cigarrillos de contrabando arrugado y prendió uno. No fumaba antes de la guerra, tampoco cuando hacía la mili, pero en los últimos meses fumaba de vez en cuando. Sobre todo, al atardecer, cuando el miedo descendía como un vampiro de las colinas. Dio varias pitadas y se sintió mejor. Fijó la mirada en el parque infantil. Los columpios parecían esqueletos oxidados y el tobogán estaba perforado por las balas. Más allá, los proyectiles habían convertido en una fosa el recinto donde jugaban al fútbol. Recordó lo ocurrido un mes atrás. Regresaba apresurado cuando el tiroteo lo pilló en medio del mismo parque. No podría llegar al portal y pronto se escondió bajo el tobogán. Escuchó entonces unos gemidos. A unos diez metros de él, al lado de la portería metálica de fútbol, había un hombre caído. Davor lo identificó por la cazadora. Era Víctor, su vecino y compañero de la escuela. Estaban en el séptimo grado cuando fue construida la cancha de fútbol que inauguraron con un partido entre la clase de Víctor y la clase de Davor. Un bonito gol de Davor trajo la victoria de su equipo y el primero que vino a saludarle fue Víctor. El mismo Víctor que ahora yacía acurrucado junto al arco y gemía y Davor era incapaz de hacer algo por él. Entonces gritó: «Víctor, escóndete detrás del arco», pero ¿cómo podría esconderse uno detrás de unos simples tubos metálicos? Se percató de que los asesinos invisibles estaban apuntando a Víctor y de nuevo gritó: «No te muevas, Víctor. Simplemente no te muevas. Has de fingir que estás muerto». Pero o bien no lo oía o bien el dolor era muy fuerte, porque Víctor hacía desesperados esfuerzos por levantarse. Las balas llovían alrededor y, al dar con los tubos metálicos, producían un momentáneo efecto chispeante. Logró ponerse de rodillas. Iban a asesinarlo con toda seguridad y Davor no resistió, se escurrió debajo del tobogán y fue corriendo al lado de Víctor. Lo tumbó al suelo y empezó a arrastrarlo hacia el tobogán. Era un hombre fuerte y pudo trasladarlo. Permanecían postrados de bruces en el suelo polvoriento hasta que cesaron los disparos y la oscuridad cubrió el parque infantil. Apenas entonces pudo levantarse, puso a Víctor boca arriba, pero vio solo su rostro inmóvil, cubierto por el polvo de la muerte.

Dio dos chupadas más al cigarrillo. El ambiente aún seguía siendo irrealmente apacible y tranquilo, pero el olor... Es difícil describir el olor de una ciudad asediada. Ese olor a espacio cerrado, el olor a moho que desprende una despensa húmeda en la que nadie ha entrado en mucho tiempo.

Davor se puso de pie y avanzó muy pegado a la pared del bloque. Tantas ventanas afónicas, marcos oxidados, pedazos de mampostería, vajilla abandonada sin recoger, palanganas, bidones para col fermentada, botellas rotas y polvorientas y paredes de hormigón acribilladas, parecidas a estragos de varicela. Medio destruidos por los obuses, los balcones colgaban tristes en el aire, y estos balcones pendientes le inspiraban el mayor miedo, tal vez porque siempre le había gustado estar en un balcón y observar el mundo. Hoy, el barrio parecía un camposanto en abandono.

Rodeó el bloque y apretó el paso, ya que por ese lado la fachada no estaba bien protegida y las balas acertaban sin fallar. Terminó de fumar, tiró la colilla y la aplastó. Sopló un viento frío.

El frío. Estaba en el primer grado y el último día antes de las vacaciones de Navidad los llevaron a la pista de trineos a la colina vecina a Grbavica. Solo unas cuantas veces había ido allí con su padre. Su madre era una mujer tímida, se preocupaba demasiado de él y no le permitía pasar largo rato fuera durante los inviernos. En aquella ocasión, sin embargo, era una iniciativa de la escuela y ella tenía que resignarse. Para Davor todo lo ocurrido en aquel día era pura magia. La velocidad a la que corrían los trineos, los saltos en la nieve caída, el viento que mordisqueaba las mejillas, la nieve crujiente bajo las botas de invierno... En un momento dado la profesora, junto con los alumnos, se fue y en la pista se quedaron solo él, Boško y Tuće. Sin embargo, ambos vivían en el bloque de enfrente y por esto la profesora los dejó. Y de Davor obviamente se había olvidado. Jugaron hasta que vino el padre de Tuće para llevarlo. Estaba oscureciendo y el hombre quedó sorprendido al ver a Davor. Le preguntó dónde vivía y si podría regresar solo. Le entró el pánico al imaginar cómo iban a reñirle sus padres y luego se dio cuenta de que no sabía el camino a casa. Con voz trémula recitó la dirección y el padre del chico lo llevó en coche a casa. Su mamá iba a pegarle. Estaba helado, no sentía las manos y los pies y esa fue la razón de salvarse del castigo. Le cambiaron la ropa, le hicieron poner los pies en una jofaina con agua caliente y sal marina. Se sintió mejor por el calor y quizás, en esa ocasión, comprendió por primera vez lo acogedor que era estar en casa.

Llegó a la esquina del bloque y por un viejo hábito se apoyó en la pared. Así quedaba cuando jugaban al escondite. Sus ojos volvieron a llenarse de lágrimas. Se dio cuenta de que la verdadera felicidad consistía en el monótono ritmo cotidiano de la vida, que deja la impresión de que nada ocurre.

Han pasado las dos de la noche y *Las tres botellas* sigue repleto de gente y ruidos. No había esperado una noche semejante. Pero cuánto más escuchaba a Zoran, más claro tenía que durante mucho tiempo había aspirado precisamente a una noche como ésta. Yo y Zoran estamos en ambos lados de la locura. Cada copa que me tomo me quita la ebriedad de lo que voy escuchando, tras cada copa que Zoran se toma se va emborrachando y va descubriéndose. Es horrible, quizá, guardar algo tanto tiempo en el alma y, al final, encontrarse con un desconocido que lo haga brotar. No existen casualidades casuales; es que era menester abrir la cerradura. Y esta noche la llave era yo.

—Sí, éramos seis —dice Zoran—, el Chillón, ay, el Chillón. El primer ser humano que descubrí en este mundo después de mis padres, o tal vez antes de ellos. Es, en general, el primer recuerdo que guardo. Voy arrastrándome, traspaso el umbral y me encuentro en el balcón. El sol de junio me da un golpe —tenía dos años y medio— y en el balcón de enfrente — el Chillón... Recuerdo, siendo niños, cómo corría alrededor del bloque y hacía un alboroto increíble con un pito que le habían comprado en una feria. Era un valentón — lo dice y suspira—. Durante los bombardeos más feroces, cuando nos escondíamos debajo de la mesa, bebíamos, maldecíamos y rogábamos a Dios, todo eso a un mismo tiempo, él saltaba a la calle despechugado, daba unos silbidos chillantes con el mismo juguete y gritaba: «Aquí estoy, idiotas, aquí estoy, al carajo todos, idiotas jodidos, no pueden taparme la boca, ¿verdad?» No éramos grandes amigos, pero coincidíamos siempre en los importantes cruces de esta vida. En los exámenes de ingreso a la secundaria, terminado el séptimo curso, estábamos juntos en un pupitre y aprobamos gracias a las chuletas que llenaban sus bolsillos. Haciendo la mili coincidimos otra vez y juntos nos oponíamos a *los abuelos* y nos defendíamos mutuamente. En *Las tres botellas* igual. Era un golfo, un haragán, pero no era un gamberro. Su padre los había abandonado. En aquella época no solía hablarse mucho de divorcios, y por ello, entre los vecinos se afirmaba que se había ido a trabajar a África y que no había podido regresar. Su madre se casó por segunda vez y de él cuidaba su abuela. En realidad, él se cuidaba solo. Creció en las calles y se valía por sí mismo. Leía mucho, era curioso. Quería escribir, pero no sé, creo que no le alcanzó el tiempo. Era fuerte y duro como un roble. Tenía un solo punto débil: quería a los animales. No tenía tanto cariño a las personas como a los animales. Perdía la razón si veía a alguien abatir con una honda a los gorriones o disparar a los gatos y a los perros con flechitas punzantes. Un día, cerca de la vieja fábrica de ladrillos, en una columna de metal abandonada tras ser demolida la construcción, apareció un gato y nadie sabía cómo había ido a parar allí. Era una columna débil, con peldaños oxidados y salientes en ambos lados, que terminaba en una plataforma plana. Y desde esa plataforma el gatito emitía unos maullidos lastimosos. Se había formado un tumulto, pero nadie podía hacer nada porque la columna tenía la altura de un edificio de seis pisos. En un momento aparece el Chillón. Se abrió paso entre la muchedumbre y se puso a trepar. Igual que un simio. Mano, pierna, mano, pierna, metro tras metro. Los allí presentes mirábamos paralizados por el horror. Un movimiento erróneo y tendrían que recogerlo con pinzas del suelo de hormigón. Sin embargo, logró subir, tomó con cuidado al gato y bajó. Hubo una salva de aplausos. Ese gato le cogió cariño. Lo seguía igual que un perro. Iban juntos a todas partes. Una mañana lo encontraron envenenado en el vertedero de chatarra. No quedó claro si alguien lo había hecho adrede o el gato había comido del veneno para ratas. El Chillón estuvo llorando varias horas. No había llorado tanto por la muerte de su madre, que falleció el año anterior, pero durante varias horas lloró por el gato.

Zoran se queda callado y levantamos las copas. La gente alrededor bebe, canta y baila. Van chocando vasos, bandejas, camareros, hay traqueteo de vajillas. Es acogedor, joder, es acogedor este espacio. Estamos en casa y Vlado sigue como si nunca hubiera de parar: *Ja sam jedan od mnogih s gitarom.*[13]

—Se fue de este mundo de una manera absurda —Zoran vuelve otra vez al tema—. El segundo mes del bloqueo. Explotó un edificio en el centro, él estaba cerca y entró para prestar ayuda. Había sacado y salvado a no poca gente. Pero oyó el lastimoso aullido de un perro que venía de los sótanos y se lanzó enseguida. Lo hizo sin pensar. Un perro. Lo tenían atrapado los escombros. Empezó a excavar con las manos. Pudo sacarlo, pero el perro, por miedo, le mordió la pierna. No hizo caso a la mordedura. ¿Quién se fijaba en cosas tan insignificantes en aquel momento? La herida se infectó, era gangrena o rabia,

---

13 *«Soy solo uno de los muchos con guitarra.»*

no lo sé. Durante varios días no lo vimos. Un vecino suyo vino para informarnos. Por la noche ardió en fiebre y a la mañana siguiente había pasado a mejor vida.

Se queda silencioso otra vez, luego da un brinco, toma el vaso y me agarra de la mano.

—Ven, te mostraré una cosa —dijo.

Nos abrimos paso entre las parejas que bailaban en la semioscuridad.

—Peón —vocea Zoran—, dame la llave.

El Peón está secando una jarra de cerveza con movimientos lentos, los propios de un ritual. Me mira bajo sus espesas cejas rizadas. No dice nada. Mete la mano bajo la barra y entrega una llave oxidada. Zoran la recoge. Me conduce. Doblamos detrás de la barra. A la derecha está la puerta del aseo, a la izquierda otra de madera áspera. Zoran introduce la llave y la puerta cede con un pésimo rechinar. Enciende una bombilla débil que esparce una luz anémica. Yo también entro. Huele a humedad, a ambiente cerrado, a madera mohosa. Un espacio cuadrado, con suelo de piedra, muchas piezas en los estantes de metal, pequeñas sillas de madera con tres patas.

—Este era el refugio —dice—. Aquí nos escondíamos durante los ataques más feroces a la ciudad. No te puedes imaginar el sinfín de horas que he pasado aquí.

Se queda callado, coge algo del estante que tiene enfrente, se vuelve bruscamente hacia mí.

En el pedregoso vientre truena el silbato del pito de la feria popular.

Se me cae el vaso, da contra el suelo sin romperse y el aguardiente se desliza hacia la pared por el suelo inclinado.

18:21

Esperaba que sus pasos se apagaran escalera abajo. Se sentía extremadamente cansada del constante temor a que Davor se fuera y también del pensamiento intrusivo de ser ella la culpable de que él se hubiese quedado. Notaba el reproche en las miradas de sus padres, de los familiares, de los amigos. Como si hubiera firmado su pena de muerte. Y aquella sensación de estar sola… Sí, era una mujer fuerte, pero toda fuerza tiene su límite. Con cada abrir y cerrar de la puerta se moría de miedo porque él *se va*, y al mismo tiempo, en secreto, en su alma, guardaba la esperanza de que de veras se fuera, quitándole así un enorme peso de encima.

Últimamente vomitaba con frecuencia, sin una causa obvia. Al principio pensó que estaba embarazada, pero más tarde comprendió que era por el excesivo cansancio. Dormía mal, no pegaba ojo infinidad de noches. Davor, ya que bebía, lograba conciliar el sueño bajo el efecto del alcohol, pero ella no podía. En esas agobiantes e interminables noches muchas veces pensaba en el suicidio. Davor estaba hecho de otra pasta, de una forma más simple: nunca titubeaba, incluso cuando cometía errores iba directo a la meta. No tenía ni un ápice de vacilación de que había actuado correctamente, de igual modo que nunca tuvo la menor duda de que la amaba y quería estar con ella. En fin, el mundo para él era blanco y negro. Y ella siempre con titubeos, nunca sabía a ciencia cierta qué era lo que esencialmente deseaba. Una vez Davor le dijo que era muy difícil convivir con una persona así, porque solo ella conocía sus deseos y él tenía que adivinarlos. Pero no tenía razón: ella tampoco estaba segura con certeza de qué era lo que quería exactamente. Otro tanto ocurría con su relación; él nunca tenía dudas y ella siempre. No es que no le quisiera, pero la idea de comprometerse para siempre —además tan joven— la espantaba. El mundo no estaba configurado de manera simple para ella, como sí lo estaba para Davor.

Oyó que sus padres estaban riñendo en la habitación; parecía que el motivo era el hábito de Davor de beber. En ese momento sonó el teléfono. Aida esperó para ver si Lada o Dalibor iban a contestar, pero evidentemente no oían la llamada ya que seguían con la riña. Al sonar por tercera vez, se acercó vacilante a la alta mesa redonda sobre la cual estaba el viejo aparato con marcador rotatorio. Con los teléfonos pasaba lo mismo que con la corriente; debido a los constantes tiroteos funcionaban de tarde en tarde.

Encendió la vela que tenían junto al teléfono. Cerró los ojos, trató de concentrarse y levantó el auricular.

—Oigo —dijo. Su voz y sus manos temblaban.

—Aida —era Samira, y Aida sintió su corazón oprimido—, Aida, cariño, me alegro tanto de escuchar tu voz. Pensé que el teléfono estaba otra vez cortado.

—Ahora funciona —respondió Aida—. ¿Y ustedes cómo están? ¿Cómo está papá?

—Estamos bien... dentro de lo que puede estarlo uno hoy

día. Últimamente tu papá se siente tranquilo, sin problemas, lo importante para él es tener tabaco. No para de fumar en la cocina, que parece una colmena, me cuesta cocinar. Sin embargo, yo...

—¿Tú qué?

—No sé, Aida, tengo unos presentimientos muy malos.

—¡Oh, mamá!

—No digas nada. Sabes que no abuso nunca de esas cosas. Es algo nuevo que siento dentro de mí. Desde hace más o menos dos semanas, me despierto de una pesadilla y no puedo conciliar el sueño durante un largo rato, y de día una ansiedad permanente me oprime el pecho y no me deja respirar. Me corta el aliento, me sofoca.

—Mamá, hace dos años ya que estamos en guerra, es normal.

—No, no es normal, Aida, lo sé muy bien. Si no, no te lo diría. Además...

Se impuso un silencio tenso.

—¿Además qué? —Aida la hizo continuar.

—La pesadilla que tengo es siempre la misma.

—¿Y cuál es?

Aida no quería escuchar. Sin conocerla se sentía ya al límite de sus fuerzas, pero de no seguir la conversación su madre sospecharía. Le pasó por la mente la idea de tirar del cable para interrumpir la llamada. Que se cortara la conversación ocurría con tanta frecuencia... Pero no lo hizo. Quizá esa era la última vez en la que escuchaba la voz de su madre.

—Sueño —empezó a contar—, sueño que me estoy fugando de Sarajevo. No soy consciente de la guerra, pero algo me hace huir. Las casas, las calles, los puentes parecen los mismos, pero no hay un alma alrededor, está desierto como si todos se hubieran muerto o desaparecido por alguna razón. Y los edificios, todos grises, no hay color alguno ni tampoco algún ser humano. Ningún sonido, solo a distancia se oye el rugido del agua.

—Has visto muchas películas, mamá —quiso bromear Aida.

—No, nada tiene que ver con las películas. No es ni película ni sueño, sino una realidad, diría. Voy corriendo, sé que algo horrible me persigue, pero no puede verse ni oírse. Voy corriendo rumbo al puente del Miljacka. Siento que, si llego a él, si paso al otro lado, me voy a salvar. Cuanto más me acerco, más fuerte es el rugido del agua. Y cuanto más cerca estoy, menor es la distancia con lo que me persigue. Es invisible, no se puede percibir ni con los oídos ni con los ojos, pero noto su aliento y tengo un sudor frío. Ya al final doy la vuelta y me quedo muda. El Miljacka no está. En vez del río, hasta el horizonte se extiende un agitado mar infinito. Igual al Adriático, tal como lo recuerdo cuando íbamos de vacaciones los cuatro. De color negro, con gigantescas olas bordeadas de blanca espuma. El cielo también es opaco, negro, cernido sobre el agua. No tengo tiempo para pensar, no tengo tiempo para estar indecisa. Aquello, lo que me persigue, me alcanza, me tiro al mar y entonces escucho tu voz a mis espaldas. Aquello te tiene agarrada y tú gritas: «¡Mamá, mamita, tengo miedo a *la unscuridad*, mamá, *la unscuridad* ha venido!» Tal como lo decías cuando eras niña, *la unscuridad*. Pero yo ya no puedo volver porque las olas me arrastran hacia allá y tu voz se vuelve cada vez más distante e ininteligible. En el horizonte hay luces, pero al volver la cabeza veo la espesa pintura negra que se extiende encima de toda la superficie hasta el horizonte y tú no estás, tú ya no estás.

Samira se calló, el silencio se acomodó por un largo rato entre ambos extremos de la línea. Después Aida oyó el sollozo de su madre y esto la asustó. Samira jamás se permitía exteriorizar sus sentimientos. Sintió ganas de dejarlo todo y de correr hacia su madre, como lo hacía de pequeña al sentirse asustada, pero supo dominarse.

—Cálmate, mamá —dijo—, es solo un sueño. La guerra provoca las pesadillas que todos soñamos. Ya sabes que a mí me cuesta dormir. Es normal.

—No es solo un sueño, Aida —objetó Samira—. Lo siento con el corazón. ¿Y ustedes qué tal, cómo están? Les echo mucho de menos.

—En general lo de siempre —respondió Aida—. Igual que el resto, luchamos por sobrevivir. Davor sigue trabajando con Zlatko en el mercado negro, yo con los quehaceres de la casa...

—Davor resultó ser una persona decente, pero me parece que Dios no ama a las personas decentes.

—Mamá, qué estás...

—Deja —Samira la interrumpió—. Todos somos testigos de lo que está pasando. Estoy harta de esperar y buscar a Dios. Ya he dejado de ir a la mezquita, no tiene sentido. Tu papá me regaña por eso, pero la sangre que nos rodea es mucho más que toda mi fe y esperanza. Tengo muchísimas ganas de abrazarte.

En la calle sonaban los silbatos de las sirenas, de muchas sirenas, de bomberos y emergencias. Era extraño, no había oído nuevos disparos.

—Aida —dijo con tono interrogante—, ¿qué pasa, estás llorando?

—Sí, estoy llorando. Estoy harta de todo ya. Y ahora este sueño tuyo, y tus lágrimas; además, Davor tarda más de una hora.

—Y ¿por qué, dónde está Davor? —preguntó Samira con preocupación.

107

—Ha salido para dar un paseo, dijo que no resistía más encerrado, que necesitaba estar un rato al aire libre y que pronto volvería. Se ha hecho tarde ya.

—No te preocupes, puede ser que se haya encontrado con Zlatko para algún negocio.

—Pero es que nunca hace eso. Me dice siempre dónde va y cuánto tiempo, más o menos, tardará. Sabe bien que me preocupo.

—Ya vendrá. ¿Cómo están Lada y Dalibor? ¿Están con ánimo?

—Igual que papá... Hacen esfuerzos, pero de vez en cuando no resisten. ¿Hay noticias de Riaz?

Su hermano había logrado escapar unos meses antes. Lo habían sacado de la ciudad junto con otros chicos más para poder llegar a territorio bosnio y formar parte allí de la resistencia.

—No —respondió Samira—, después de la carta del mes pasado no ha dado noticia alguna. Silencio, un silencio infinito. Al menos tú estás aquí.

Aida emitió un suspiro casi inaudible.

—¿Papá está durmiendo? —preguntó.

—No. Está escuchando las noticias por la radio y fuma en la cocina. Tú sabes cómo se queda pegado a la radio cuando dan las noticias nocturnas, un hábito juvenil que sigue teniendo.

Callaron de nuevo como si tuvieran miedo de pronunciar la siguiente palabra. Y no querían colgar el teléfono. Las sirenas seguían sonando. Aida pensó en Davor y sintió de pronto encogérsele el corazón.

—Mamá —dijo de golpe—, quiero tus manos.

—¿Mis manos? ¿Qué quieres decir con eso de mis manos?

—Tuve ganas de decírtelo, simplemente. Nada de especial, imaginé tus manos y por eso...

—¿Estás bien, Aida?

—Sí, estoy bien, mamá, pero tengo que cortar, podemos hablar de nuevo más tarde.

—¿Seguro que no ha sucedido nada, hija?

—Todo está bien, mamá, todo bien, no te preocupes, te doy un beso, dale un beso a papá de mi parte.

—Yo también te quiero, Aida.

Aida colgó con prisa y se deslizó hacia el suelo. Ni siquiera tenía fuerzas para volver al cuarto. Dobló las piernas, ladeó la cabeza sobre sus rodillas puntiagudas y echó a llorar silenciosamente, ya que no quería que Lada y Dalibor escuchasen su llanto. Todos sentían igual pesadumbre.

La oscuridad se volvía más densa. Davor no había vuelto aún y las lágrimas corrían por su rostro. Lada y Dalibor también permanecían en silencio en su cuarto y ella se preguntó si acaso habrían oído la conversación.

Se incorporó, entró en el baño, encendió la vela y se sentó en el retrete atapado, envolviendo con las manos su cabeza.

—Davor —oyó la voz de Lada en el pasillo—, Davor, ¿estás aquí? ¿Aida?

—Davor salió un rato a dar un paseo —respondió Aida—. Yo estoy en el baño.

—Pero ¿dónde puede pasear? —exclamó Lada—. Saben bien lo peligroso que es.

—Sí, mamá, pero sentía la necesidad de respirar un poco de aire fresco. La verdad, mejor que dé un paseo para aliviarse. Te lo aseguro, volverá de un momento a otro.

—Vale, ¿y tú, Aida, necesitas algo? ¿Estás vomitando otra vez?

—No, no te preocupes, solo quería estar sola, pronto saldré si necesitan el baño.

—Quédate tranquila, Aida, no lo necesitamos, quédate tranquila.

Escuchó cerrarse la puerta del salón y la continuación de la riña. Davor aún no volvía. Pensó que, finalmente, tal vez, hubiera tomado la decisión correcta y se hubiera ido.

Después, de súbito, se impuso un silencio absoluto. Sorprendida, Aida alzó la cabeza. El silencio en los últimos dos años en Sarajevo siempre había sido siniestro.

Davor, de todas formas, ¿no estaría con Zlatko?, pensó. Se conocían de la escuela y ahora hacían negocio consiguiendo algún dinero en el mercado negro, donde se vendía y compraba de todo. Ambos habían ocupado un nicho y sacaban provecho. Con esta plata Aida trataba de encontrar alimentos. Los abastecimientos de productos alimenticios en Sarajevo se realizaban por el así llamado *corredor*. Se hablaba que junto al aeropuerto había sido excavado un túnel que servía a los de UNPROFOR[14] para abastecer los alimentos y los artículos de primera necesidad. Nadie sabía a ciencia cierta si era verdad. Más bien, los serbios importaban artículos y nutrían el mercado negro, beneficiándose enormemente de su negocio sucio. Así es en tiempos de guerra, cada cual sobrevive según pueda. Aida conocía varios sitios de los que conseguía alimentos. Cuando Davor ganaba algún dinar[15] Aida salía para comprar algo para la casa y también para sus padres. Él nunca le preguntaba para qué había gastado el dinero, aunque por la noche ella le contaba qué había conseguido.

---

14 UNPROFOR (United Nations Protection Force, fuerza de mantenimiento de la paz de la ONU en territorio de la ex Yugoslavia).
15 Moneda nacional de Yugoslavia.

Al pensar en alimentos recordó uno de los días más aciagos que vivió durante todo el asedio. Era el veintidós de septiembre del noventa y dos. Davor había regresado a casa con mucho dinero; con Zlatko habían hecho una buena estafa, le estaba contando de una lavadora, de un empresario que se llamaba Karo. Aida lo miraba sospechosa pero no había remedio, de verdad necesitaban dinero. Las últimas semanas pasaban hambre. Tenían col y nada más. Ella hacía milagros en la cocina, pero con repollo solamente ¿qué podrías preparar? Samira le llamó por teléfono para decirle que su padre necesitaba alimentación más nutritiva por la diabetes. Agregó, asimismo, la falta de tabaco. Fumar era su único vicio y la falta de cigarrillos le ponía nervioso, lo que de inmediato influía a la enfermedad. Por estas razones y sin preguntar más, Aida tomó el dinero a pesar de que no le gustó esa historia con Karo; lo recordaba confusamente de la escuela, cuando tampoco era un buen ejemplo a seguir.

Conocía una carnicería situada en un garaje al pie de la colina *Grbavica*. No la frecuentaba ya que vendían caro, además, quedaba algo lejos y era muy arriesgado ir porque hacía falta atravesar las zonas más desprotegidas de la ciudad. Pero no había remedio. Se puso la ropa más cómoda: un mono vaquero, zapatillas, un gorro con visera; así se sentía más ágil. Había de nuevo pánico en la ciudad. Varios obuses habían alcanzado el centro. Pasó al lado de la guardería destruida y dobló junto al canal donde crecían árboles y podría pasar desapercibida entre las sombras. Pasó luego al lado del cementerio musulmán que no daba abasto para sepultar con cada nuevo día y siguió bajando hacia el centro. En ese momento empezó el tiroteo. Se tiró de inmediato bajo un *Zastava*. No era un verdadero escondite, pero al menos no podían verla. De todos lados llegaban gritos, las balas retumbaron en el coche y el asfalto empezó a brillar por los pedacitos de cristales rotos. De golpe se hizo un silencio inusual. Pronto se dio cuenta de que no reinaba la calma, sino que, por un instante, debido al tiroteo, había perdido la audición. Esperó un rato y se escurrió debajo del coche. Siguió el camino al centro ya que no pensaba cambiar de planes. Sus familias necesitaban la comida. Dobló la esquina y se quedó helada: un bloque de viviendas había sido alcanzado por los proyectiles y de los últimos pisos salía humo de color negro. Enfrente, en la acera, la gente miraba hacia arriba, gritaba algo, se echaba las manos a la cabeza, lloraba, rezaba. Aida también dirigió la mirada y pudo ver varios hombres y mujeres que intentaban abandonar el edificio. Pero faltaban las escaleras y ellos se hallaban atrapados en el octavo y el noveno piso. Descendían por los restos existentes de los balcones. Los de la acera los guiaban a gritos, ellos bajaban por las finas barandillas de metal mientras ardía el edificio. Una mujer falló y su cuerpo voló hacia la tierra. Varias personas se lanzaron para cogerla, pero no fue posible; la mujer cayó sobre las baldosas de la acera y de su boca brotó un géiser de sangre. Aida se puso de espaldas y vomitó. Luego apretó en la mano la bolsa trenzada y sin volverse más se dirigió a *Baščaršija*.

Ya se divisaban los pequeños comercios enfrente cuando el tiroteo indiscriminado a la plaza central empezó de nuevo. Ante sus ojos varias personas se desplomaron en la acera. Se tiró de bruces y percibió el olor de las calentadas baldosas de hormigón. Esperó un instante, miró hacia todas partes, dio un salto y se escondió tras un contenedor metálico de basura. Entonces vio salir del edificio, que distaba a unos veinte metros, a una mujer de mediana edad. Sabe Dios por qué había decidido salir a la calle en ese mismo momento. Como si no estuviera viendo a la gente pegada de espaldas a las paredes de los edificios, esperando a que cesara por un instante el tiroteo para poder cruzar. Aida quiso gritarle pero la mujer ya estaba en la calle. Dio unos pasos y otra vez sonaron las ráfagas. Miraba a todos lados, quiso echar a correr, pero enseguida fue alcanzada. Soltó el bolso de cuero marrón, se puso la mano en el costado y se sentó en el suelo. Las balas no dejaban de silbar a su alrededor, ella gritaba... Del lado opuesto de la calle un hombre, escondido tras un rojo *Zastava* acribillado, le estaba gritando algo. La mujer estaba a solo diez metros del coche. Recibió otro balazo, esta vez en el hombro. El hombre no pudo contenerse, se escurrió de su escondite, agarró su mano derecha y la arrastró. Por un instante callaron las armas. Aida también salió detrás del contenedor, se acercó corriendo, cogió a la mujer por la espalda para ayudar al hombre a esconderla detrás del automóvil. Luego él le pidió ayuda para llevarla al portal contiguo. No supo si se conocían. Lograron trasladarla y fue allí donde pudo verla y se dio cuenta de que no sobreviviría. En el costado tenía abierta una herida profunda de la que corría la sangre y se deslizaba sobre los mosaicos del suelo. Aida no sabía qué estaba expresando su rostro, pero al cruzar las miradas oyó su pregunta enunciada en voz muy baja:

«¿Me estoy muriendo, ¿no?»

Inclinó la cabeza y se quitó la mano del costado. Sus vísceras empezaron a verterse sobre el suelo y el hombre rompió a llorar.

Habían cesado los disparos en la calle. Aida salió del portal y a todo correr se dirigió al centro. Al alcanzar el primer quiosco de madera en que antes vendían pipas, algodón de azúcar y peluches se paró y otra vez vomitó. Intentaba respirar profundamente, pero sus pulmones producían un penoso silbido.

Siguió caminando, a pesar de todo.

La carnicería estaba abierta. Ocupaba un garaje parecido a un búnker. Ella jamás supo de dónde conseguía esa gente carne fresca. En la semioscuridad del interior, con aire estancado, colgaban enganchadas reses recién degolladas y no había otra cosa, ni estanterías ni cámaras frigoríficas ni mesas. Absolutamente nada. Compró lo que tenía pensado y emprendió el camino de vuelta.

Pasó por su domicilio de antaño, dejó lo que había comprado para sus padres y regresó a casa. Tomó una ducha y se puso a cocinar. Pero al verter la carne, envuelta en papel de periódico, sobre el azulado tablero, le pareció estar viendo las vísceras de aquella mujer. Eran absolutamente idénticas: deslizantes, mucosas y sangrientas.

Y de igual olor.

Seguí con la mirada el aguardiente que se deslizaba hacia la pared. Luego levanté la vista y ahí, hasta el límite iluminado por la lámpara, pude ver en la pared un dibujo hecho con carbón. Una mesa y seis hombres sentados alrededor. Sobre la mesa una botella, vasos y una vela. Mientras me fijaba en los rostros de las figuras escuché la voz de Zoran a mis espaldas:

—Picasso. El ser más lúcido entre nosotros. Incomprendido. Incomprendido y triste desde pequeño. Su padre era mecánico y él pintor. Un alma tierna. Se burlaban de él desde pequeño y lo maltrataban. Todos creían que era marica. Su padre, su propio padre lo detestaba. Le decía a menudo: «¡Oiga, mariquita!». Sufría en sus adentros. Sufría mucho. Nunca se defendió. No era propio de su forma de ser. Su autodefensa era pintar. Yo no entiendo gran cosa de ese arte, pero decían que tenía talento. Cuando se burlaban de él en la escuela yo me quedaba callado. Quería defenderlo, pero callaba por no ser distinto de la masa. Reconocieron su capacidad cuando ya era estudiante. Mejor dicho, fue entonces cuando lo dejaron en paz. Ya sabes cómo son las cosas en los Balcanes: somos machos todos y a los distintos no los aceptamos. No tenía muchos amigos, prácticamente no tenía ninguno. No cuadraba en absoluto con el círculo *Las tres botellas*. Lo trajo el Chillón. No sé cómo habían hecho las amistades, pero Picasso de una forma se integró a nuestro grupo de chiflados. Hablaba poco pero siempre lo justo. En la mayoría de los casos solo sonreía. Y dibujaba. Dibujaba incluso aquí. Nosotros bebemos y él también. Bebía demasiado. El cigarrillo no le salía de la boca. Y siempre hacía esbozos. Una semana antes de comenzar el asedio fue galardonado en Suiza con un importante premio internacional. El concurso había sido dedicado a Picasso y de ahí su apodo. No tuvo la suerte de gozar mucho de él. Hasta entonces todos le decían marica, pero al viajar a Suiza para recibir el premio, todos reconocieron su don. Hizo famosa a nuestra Bosnia. Como si hubiéramos ganado en Eurovisión. Los medios de comunicación hablaban constantemente de él. Después vino el bloqueo. Picasso aún no había regresado. Estábamos seguros de que no volveríamos a verlo nunca, de vez en cuando nos acordábamos de él y nada más. Una vez, a comienzos de septiembre, en pleno día y en uno de los momentos de calma, la puerta de *Las tres botellas* queda abierta y aparece Picasso. Llevaba un maletín enorme y dentro del maletín cantidad de embutidos exquisitos, quesos, botellas de vino, whisky. Y nosotros aquí muertos de hambre; meses seguidos comiendo sopa de ortiga y patatas si es que la había. Se formó un festín que siempre recordaré. Picasso, sentado aparte, sonreía y dibujaba. Así volvió a quedarse con nosotros. Le preguntaba un día: «Picasso, ¿por qué no te quedaste allá, en Suiza?» —y él mueve la cabeza y sonríe a su manera loca. «No pude, Zoran» —dice. Y yo levantando las cejas. «¿Y cómo —digo—, por qué no pudiste? ¿No sabías en qué infierno estamos sumergidos aquí?» Dejó de sonreír: «No he podido —dice— soy bosnio. Ansiaba nuestro sol bosnio.

Allí todo está sosegado, pero es frío y ajeno. Aquí estoy mejor. He nacido aquí». Se quedó y siguió haciendo lo que mejor hacía: dibujar. Durante los bombardeos más feroces tomaba la carpeta para bocetos y salía a dibujar. Yo le decía: ¿Y para qué, hombre? ¿Sabes la cantidad de fotos y películas que hay de esos bombardeos? ¿Para qué necesitas esos dibujos? Esta es mi forma de protestar, Zoran, me decía. Y otra vez cogía la carpeta y de nuevo salía exponiéndose a los proyectiles. Así lo mataron. Estuvo sentado sobre unos escombros para pintar. Las balas volaban por todos lados, era el mes de marzo, la primavera, la tierra iba despertando. Y vino aquí un enfermero porque Picasso había estado repitiendo solo: «*Las tres botellas, Las tres botellas*». Los demás no estaban, estaba solo yo. Cogí el abrigo y fui siguiendo al enfermero. Picasso estaba herido de muerte y tenía el alma en la boca. Me reconoció y sonrió. Era consciente de que iba a morir. Le cogí la cabeza y empecé a mecerla. El sol primaveral brillaba, la calma que reinaba te daba la impresión de que la vida iba a perdurar. En un momento dado abrió los ojos y dijo algo, pero no pude oírlo, hablaba en voz muy baja. Me incliné hacia él y entonces ya pude escuchar lo que estaba susurrando: «No soy marica, que lo sepas. Una sola vez estuve enamorado de una chica. La quería mucho. Pero no salió. Lamento no haber tenido sexo». Esas fueron sus últimas palabras. Y así dejó este mundo.

Zoran guardó silencio. Me sentí triste. Había escuchado ya un sinfín de historias amargas, pero ahora mis ojos se tornaron húmedos.

—Mira otra vez —dijo Zoran, y alzó el mechero hacia la pared.

Apenas entonces pude ver el dibujo completo. Encima de las cabezas de los que bebían en la taberna se veían las ruinas de un templo, destruido evidentemente por los obuses, y el humo serpenteante hacia el cielo. Ese templo tenía cúpula de catedral, minarete de mezquita y en la fachada la estrella de David.

En el fondo se ve a un hombre sentado en medio de las ruinas tocando un violonchelo.

Aida cogió una toalla y entró en el baño. Se quitó la ropa, luego el agua caliente acarició su cuerpo. Se relajó y hasta sonrió. Intentó ahuyentar el recuerdo de la conversación con su madre y sus pesadillas. Sentada en la loza con la barbilla apoyada en las rodillas, escuchaba el chasquido del agua en su espalda.

EXIT

Era un letrero en su cafetería predilecta. No era muy aficionada a los establecimientos. Raras veces hacía cosas inútiles y pasar el tiempo en los locales era una de ellas. Sin embargo, igual que todas las chicas comunes y corrientes en la Yugoslavia de los años ochenta, escuchaba rock, era fan de *Srebrna krila*, cantaba a gritos sus canciones cuando se montaba una juerga. Pero no le gustaban las cafeterías llenas de humo. No solía visitarlas a excepción de aquélla con la inscripción «EXIT» que estaba puesta enfrente de su mesa predilecta. Ahora, mientras el agua y el vapor la envolvían, en su mente emergió precisamente «EXIT». Tal vez porque necesitaba una salida. Después de todo lo vivido durante la guerra *de veras* necesitaba una salida. Necesitaba que alguien la cogiera de la mano, que le dijera que todo iría bien, que la envolviese en un abrazo y la alejara de allí. Se sentía absolutamente sola en medio de todo ese horror. Había mostrado firmeza, en su alma había absorbido todo, pero en el momento actual, en el que se requería estar más fuerte que nunca, se desplomó: estaba segura de que Davor no volvería. Tenía la misma sensación que si estuviera desnuda a la vista del mundo entero, que tenía clavada la mirada en ella.

No oyó el abrir de la puerta, pero escuchó la voz de Lada, que decía:

—Aida, Aida... Aida, hija. Cálmate, Aida, estás en tu casa.

Lada la hizo levantar y Aida se apoyó en su hombro.

—No puedo más, mamá —dijo—. ¡No puedo más, no puedo, no puedo, no puedo! Quiero morir.

Lada cerró el grifo de la ducha. La diminuta estancia se había llenado de vapor. Permanecieron un rato abrazadas, luego Lada la cubrió con la toalla y la llevó al cuarto.

—¡Carajo! ¿Qué está pasando? —en el oscuro pasillo les salió al paso el padre de Davor.

—¡Anda, ve al salón y tómate otro aguardiente! —le dijo Lada.

—¿Qué pasa? —insistía—. ¿Dónde está Davor y por qué Aida está llorando?

—Dalibor —le interrumpió Lada—, son cosas entre mujeres, no vas a comprender. Es algo entre nosotras dos.

—¿Y Davor?

—Davor vendrá de un momento a otro —dijo con firmeza la mujer—. Todo va a salir bien.

Dalibor era un hombre rudo; era mecánico y se comunicaba mejor con la amoladora que con la gente, pero tenía plena confianza en su mujer. Dio la espalda y fue hacia el salón, pero antes de cerrar la puerta dijo:

—Aida, ¿verdad que sabes que eres parte de nuestra familia?

Aida volvió a sollozar y Lada la acompañó a la habitación y la ayudó a acostarse, abrigándola con una manta.

—Aida, ¿qué ha pasado? ¿Es que Davor ha hecho algo malo? —preguntó en voz baja.

—No —respondió ella.

—¿Entonces, qué es?

—No resisto más.

—Nadie puede resistir, Aida, estamos en guerra.

—No es la guerra...

—¿Y qué es?

—La culpa.

—¿La culpa?

—Sí. Davor podría estar muy lejos de aquí. Se ha quedado por mí. Les estoy agradecida por todo, pero siento que me lo están reprochando. Lo veo en sus miradas, en las palabras silenciadas, en tus lágrimas. Y no podría ser distinto. Su hijo Davor ahora podría estar libre y sentirse feliz en algún lugar lejano a este infierno y aquí, en cualquier momento, podría ser asesinado. Sé bien que lo están pensando.

—Lo pensamos, sí —dijo repentinamente Lada.

—Lo sé —respondió sollozando.

—No sabes nada —Lada se levantó de golpe—. No sabes nada, Aida. He maldecido decenas, miles de veces aquel momento en que nos encontramos contigo y tu madre frente a la guardería. He rezado ante el crucifijo pidiéndole a Dios que volviera el tiempo atrás. Pero tampoco Él podría hacerlo volver. Me duele, Aida. Me duele y cada día voy sufriendo. ¿Y sabes dónde tengo el dolor? Lo tengo en el vientre. Si le pasa algo a Davor este vientre estará muerto. Yo solo tengo a Davor.

Lo dijo de un golpe.

—Pero lo que *tú* has dado a Davor es el amor —prosiguió apresurada—. ¡Tantos años les llevo observando!... Crecieron ante mis ojos. Hace mucho tiempo que te he aceptado no solo como una nuera sino como hija mía. Pero *aquello* es más fuerte que yo. Lo sentirás y entonces vas a comprenderme. Cuando pienso en él es como si estuvieran sacándome el corazón con un hierro caliente, cuando me pregunto a mí misma: ¿Por qué se ha quedado aquí? ¿Qué puede pasarle? Pero pase lo que pase Aida, yo siempre te voy a querer. No sé si te voy a perdonar, pero siempre te voy a querer.

Luego se inclinó, le dio un beso en el rostro mojado de lágrimas y salió.

Aida se quedó sola en la oscuridad. Cada noche, al descender sobre Sarajevo, la oscuridad traía una amenaza invisible. Era extraño porque durante el día todos eran unos blancos más visibles. Sin embargo, la noche era la que más miedo acarreaba.

Muy cerca se oyó el cerrar de una puerta en el rellano. En los momentos de silencio cada ruido es a la vez esperanza, amenaza, vida o muerte.

En esta ocasión tampoco fue la puerta de su piso.

ENTREVISTA

Interior del salón de gimnasio en una escuela. Recién acuchillado, barnizado y pulido suelo amarillento que refleja el sol primaveral, tribunas desiertas, dos cestos de basket, altas ventanas con vitrales, telarañas en los rincones del cielorraso, una sensación de infinidad, de soledad.

—*¿Nombre?*

—Vladan. Vladan Tomic.

—*¿Edad?*

—Treinta y cinco.

—*¿De dónde eres, Vladan?*

—De Belgrado.

—*¿Y cómo apareciste en Sarajevo durante la guerra?*

—(*Tras un largo silencio acongojante*) Como voluntario.

—*¿Te habías apuntado como voluntario? ¿Has venido por tu propia voluntad a combatir? ¿A matar?*

—Sí. (*Inclina la cabeza y se fija en sus toscos zapatos de invierno*).

—*¿Por qué?*

—Pues por nuestros hijos (*la cabeza queda aún más inclinada*).

—*¿Cómo?*

—Lo hicimos por nuestros hijos, para no tener que combatir ellos algún día.

—*Perdona, pero esta es la mayor estupidez que jamás habíamos oído. ¿De qué manera vas a asegurar un futuro más tranquilo a tus hijos al asesinar a personas indefensas e inocentes?*

—Eso nos decían en aquel entonces. Había grandes pancartas propagandísticas en las calles de Belgrado. Por la tele y en los periódicos abundaban los temas de lo serbio, lo ortodoxo, de la masacre de serbios en Croacia y Bosnia.

—*¿Y ustedes cayeron en las redes?*

—Slobodan Milosevic... No pasaba un solo día sin algún discurso propagandístico suyo. Era tan convincente. Sí, habíamos caído...

—*¿Por qué siempre respondes en plural? Te estamos preguntando a ti concretamente.*

—Porque éramos muchas personas; solo en mi bloque estábamos yo, Saša, Mићu, Draja, Zvono...

—*¿Y qué? ¿Te hace eso menos culpable? Al repartir la culpa entre todos, ¿son menores los remordimientos de la conciencia?*

—Noooo... (*tartamudez confusa*). De la propaganda quería decir tan solo... estaba fuerte. No caímos en la cuenta porque éramos tan jóvenes, ingenuos, creíamos...

—*¿En qué creían?*

—En la Gran Serbia, en ser superiores a los demás, en nuestra historia gloriosa, en el príncipe Lazar, en la batalla de Kosovo, en Serbia como líder de todos los eslavos y defensora de la fe.

—*¿Les autoriza todo ello a matar?*

—A nosotros también nos mataban.

—*¿Dónde? ¿Arriba en las colinas? ¿Disparaban contra ustedes desde la ciudad?*

—Sí, disparaban... a veces.

—*¿Sabes cuántas son las bajas en Sarajevo durante el asedio?*

(Un largo silencio)

—*Once mil quinientos cuarenta y uno son los asesinados, de ellos mil seiscientos son niños. ¿De ustedes cuántos perecieron?*

—Era la guerra. En algunos lugares degollaban a los serbios, ¿no es cierto?

—*Sí, es cierto, para ellos no hay excusa tampoco. Para todos los que asesinaban y degollaban, independientemente de su religión y etnia, no hay excusa; pero estamos hablando de ti ahora. Tú, sea lo que sea, eres una persona inteligente, te graduaste en Historia, impartes clases.*

—Arqueología.

—*Arqueología. ¿Y a ti, personalmente, cómo te engañaron?*

—No sé (con voz lánguida y confuso). Sí, creíamos en la Gran Serbia, creíamos que lo estábamos haciendo por nuestros hijos y, también, queríamos ser héroes, oler la pólvora, no imaginábamos en absoluto qué cosa es la guerra. La idea que teníamos era más bien romántica, de las películas, de los documentales, de los libros.

—*¿Cuándo viniste a Sarajevo?*

—El otoño del noventa y dos.

—*¿Y antes de eso?*

—Dos meses de adiestramiento en un campo, en el Este de Serbia.

—*¿Habías visitado Sarajevo antes?*

—Sí, dos veces siendo estudiante, por unas prácticas. Bosnia está repleta de antigüedades, es un verdadero paraíso para los arqueólogos; en particular, los alrededores de Mostar.

—*En aquella ocasión, ¿cuánto tiempo te quedaste aquí?*

—Casi un año.

—*¿Cambiaban de ubicación?*

—No. Todo el tiempo estuvimos arriba, en *Grbavica*, en un ex campo de pioneros que habían habilitado.

—*Dos años es un período largo.*

—Sí.

—*¿Qué hacían exactamente?*

—Pues estábamos de guardia, seis horas de guardia. Disparábamos de las trincheras.

—*De Grbavica se abre un bonito panorama a la ciudad.*

—Sí, es cierto. Por eso éramos mucha gente, debíamos tener a los de la ciudad bajo incesante fuego y tensión.

—*¿Cuál era el objetivo?*

—*¿El objetivo final?*

—*Sí.*

—No lo sé. Ganar la guerra.

—*¿Y cómo iban a ganarla? ¿Matando a los ciudadanos de Sarajevo?*

—No sé, cumplíamos con nuestro deber y esperábamos la victoria.

—*¿Cómo decidían cuándo y contra quién disparar?*

—Cada destacamento tenía su comandante, él nos asignaba los sectores y con regularidad nos daba órdenes para disparar contra grandes grupos de gente, contra blancos móviles, contra edificios y obras estratégicas.

—*¿Disparaban a su antojo?*

—*¿Por antojo propio?*

—*Sí, sin una orden para ello.*

(*Un largo silencio*)

—Se daban casos.

—*¿Y no les imponían sanciones por faltas disciplinarias?*

—No, si éramos voluntarios y no del ejército regular y, más

aún, lo teníamos permitido. Lo importante era mantener a los de Sarajevo en constante tensión, día tras día, noche tras noche.

—*¿Había muchos casos de disparar sin una orden?*

—Sí, sobre todo cuando estábamos borrachos o alguien recibía noticias del hogar de que algún familiar había sido asesinado. En tales casos se movilizaba el destacamento entero y comenzábamos a disparar sin blanco fijo, como en una fiesta en un campo de tiro.

—*¿Fiesta?*

—Bebíamos y fumábamos maría.

—*Tú, personalmente, ¿has disparado sin orden alguna?*

—Sí, cuando estaba borracho o había fumado maría, o en muchas ocasiones ambas cosas.

—*¿Has matado?*

—Sí.

(Su voz empieza a temblar)

—*¿Has visto cómo cae la gente contra la que disparas?*

—Sí.

(El temblor va intensificándose.)

—*¿Y cómo agonizan los alcanzados por las balas?*

—Sí.

—*¿Y qué hacían en tales casos?*

—Pues, o acabábamos de matarlos o los dejábamos agonizar.

—*¿Por qué?*

—Para sentir el poder de que teníamos sus vidas en nuestras manos.

—*¿Y cuando los familiares recogían los cadáveres o lloraban al lado de los cuerpos?*

—Unas veces nos reíamos, en otras ocasiones los matábamos.

—*No puedo creer que tú también hayas actuado de la misma forma. ¿Y qué, después de los disparos te lavabas las manos, tomabas un aguardiente, comías con las mismas manos con las que hoy abrazas a tus hijos, acaricias los muslos de tu mujer, con las manos que habías matado a decenas que nunca más podrían hacer las mismas cosas que tú puedes hacer?*

—*(Histérico, con ronquidos y espasmos de todo su cuerpo.)* ¡Sí, sí, sí, sí, sí, sí, sí, sí!

(Se lleva las manos a la cabeza y enreda los dedos en su abundante pelo crespo. Unos minutos de silencio, después un poco tranquilizado.)

—*¿Creían en la causa hasta el final?*

—Yo, personalmente, no.

—*¿Qué fue lo que te hizo vacilar?*

—Lo que estamos hablando. Al pasar cierto tiempo y no cambiar nada, lo único que hacíamos era matar, violar y beber. Acerca de lo que habían preguntado hace un rato; en un momento dado pierdes la noción de la realidad, empiezas a creer que matar es una cosa normal. Y a continuación...

—*¿A continuación qué?*

—Lo borras de la memoria, tan pronto como abandonas la línea de fuego. Como si fueras dos seres distintos, el uno dispara y asesina, el otro come, bebe y se ríe. Escribe cartas a su mujer y a los hijos y va edificando planes para el futuro.

—*¿En qué momento dado tomaste la decisión de irte de Sarajevo y volver a casa?*

—En septiembre del noventa y tres.

—*¿Por qué?*

—Ya tenía claro que nuestra causa estaba perdida, que todo

esto no tenía sentido, que todo era una locura. Hubo algo concreto que hizo desbordar mi paciencia.

—*¿Algo concreto?*

—Habían apresado a un chico, tendría tal vez unos once años, más o menos la edad de mi hijo. No era de Sarajevo sino de las aldeas colindantes. Se había perdido o algo así. Estábamos cenando en el comedor cuando el de guardia lo trajo; el chico se estremecía de miedo. El comandante le obligó a desnudarse, era enjuto, desnutrido debido a la guerra. El chico se cubría los genitales y seguía temblando. En este instante, sin dejar de comer su sopa, el comandante sacó la pistola y le dio en la rodilla. El chico cayó, gritando de dolor. Algunos interrumpimos la cena. Quedamos perplejos, pero el comandante, con voz de trueno, ordenó que siguiéramos con la comida y obligó al chico a arrastrarse y a rogar por su vida. Terminó con la sopa, pasó al segundo plato, mostrando gran apetito y con regularidad levantaba la pistola y disparaba contra el chico, pero sin darle ningún disparo mortal. Lo alcanzó en la otra rodilla, en los hombros, en las manos, en los pies y seguía obligándolo a arrastrarse y rogar. Sobre el suelo de mosaico quedaba un rastro sangriento y sus gritos rebotaban en las paredes y las ventanas. Lo mató con el séptimo u octavo disparo, eructó sonoramente, acabó de tomarse el aguardiente y gritó: «Muy sabroso todo, jefe —así decíamos al cocinero—, trae el postre que me entran ganas de cagar de la agitación». Algunos no resistimos y vomitamos directamente en la mesa o en el suelo, y él se reía diciendo que éramos unas refinadas doncellas de ciudad.

(Unas fuertes convulsiones sacuden su cuerpo; lágrimas, sollozos y convulsiones.)

Samira colgó lentamente el teléfono y no cambió de postura unos minutos más. No podía deshacerse de la idea de que algo iba a suceder. Jamás había creído en sueños y malos augurios. Era una mujer que tenía los pies en la tierra. Incluso su fe en Alá formaba parte de la misma actitud. Has nacido en una familia musulmana, entonces tienes que creer en Alá, y punto. Cumplía con todas sus obligaciones religiosas, pero nunca llegaba a extremos exagerados. Consideraba a Alá como algo dado que simplemente estaba obligada a respetar. Ser una musulmana fiel era parte de lo que significaba llevar una vida normal. Nunca había rezado, nunca había buscado al imán, nunca abrió el Corán. Hacía todo en el marco de lo necesario para mantener una vida normal. Repetía mecánicamente las palabras de la oración en la mezquita pensando en lo que iba a preparar para comer y en otras cosas cotidianas. Más a menudo pensaba en Riaz y Aida. Los hijos eran el centro de su universo y Samira era capaz de infringir cualquier norma religiosa por ellos.

Así eligió a su marido. Safet era un hombre majo, seguía siéndolo a día de hoy a pesar de haber transcurrido tantos años. No se descuidaba a sí mismo, incluso durante la guerra. Se conocían de la escuela, en los últimos dos cursos estudiaban juntos. Samira no tenía ganas de seguir con los estudios y dedicó los dos últimos años en la escuela a la tarea de elegir a su futuro marido y después obligarle a que él la eligiera. En un inicio Safet no le gustaba en absoluto y era porque pasaba por guapo. Era majo, la cara como la de una estrella de cine que interpreta el papel de un gángster simpático que asesina pero siempre se gana la admiración del público. Las demás chicas perdieron la cabeza, y más aún al enterarse de que había sido trasladado administrativamente por una pelea en la escuela anterior. Durante bastante tiempo tuvo fama de chico malo que enloquecía a las chicas. Sin embargo, Safet distaba años luz de esta imagen y se habría caído de espaldas si hubiera sabido lo que estaban hablando de él las muchachas. Más bien era un bonachón, ingenuo, no muy ambicioso, alegre. Sí había dado una paliza a uno en su escuela anterior, aunque era un año mayor que él, porque quería maltratar a un perro callejero. Safet tenía amor por los animales. Había vivido en el campo rodeado de muchos animales y por eso los adoraba. No era buen estudiante. No iba a la zaga, pero durante todo el día pensaba solo en el fútbol. Algún tiempo después Samira iba a enterarse de que había aprendido a leer cuando tenía cinco años y que había sido gracias al fútbol, deletreando los nombres de los futbolistas en los periódicos.

Samira nunca hubiera pensado en él si no hubiera intervenido el destino en el que ella ni siquiera creía. Cuando estaban en el último curso en la escuela, la profesora les hizo trabajar en equipo en un proyecto escolar. Duró dos semanas. En esas dos semanas —siendo una chica pragmática que sabe lo que busca— Samira comprendió qué tipo de persona era él en realidad. Luego se aprovechó de su ingenuidad para ligar, o sea, fue la parte activa de la pareja. Después de la fiesta de gala de la promoción y unos meses antes de hacer el servicio militar, Safet fue con sus padres a casa de Samira y le pidió la mano.

Era el marido ideal. Quería a su familia, trabajaba mucho y pronto pudieron comprarse un piso y un coche. Samira aceptó sus dos debilidades: el fútbol y el tabaco; y él, por su parte, creía en ella. Para Safet la religión era lo mismo que Samira consideraba, una obligación dictada por algo o alguien. Sacrificaba un cordero para Kurban Bayram, lo repartía a los pobres tal como el Corán manda, practicaba el ayuno del alba hasta el atardecer durante el sagrado mes Ramadán y con esto terminaba. Nadie podría culparle de nada, pero tampoco alguien podría obligarle a hacer algo de más. Tal vez por ello ambos asumieron el hecho de que Aida estaba enamorada de un cristiano; tenían sus propias dudas, pero no se opusieron a ese amor. Sin embargo, el resto de los familiares se sentían horrorizados y también los de la mezquita les presionaban. Yugoslavia era un Estado laico y ya existían muchos matrimonios mixtos, pero los imanes no veían con buenos ojos cada nuevo caso que se daba. Para Samira, sin embargo, una cosa tenía importancia: el hombre junto a Aida que fuese firme, que prestara su apoyo, que respetase su punto de vista, en fin, que tuvieran una familia sana. Y pudo descubrir todo ello en Davor. Además, tenía mucho en común con Safet, era guapo, loco por el fútbol igual que él, un mal chico al primer vistazo, ingenuo y locamente enamorado de Aida, tal como Safet estaba enamorado de ella. Aida había heredado de su madre la firmeza y la hermosura, así como tener los pies en la tierra. Todo ello prometía un matrimonio feliz a despecho de las normas religiosas. Había, sin embargo, algo que diferenciaba a Aida de su madre. Quizá por la bondad heredada de su padre o por las circunstancias en las que había crecido, eligió a Davor con el corazón y no con la mente.

Safet también le tenía afecto. Cuando se le preguntaba acerca de Davor repetía siempre: «Davor es un buen chico». Y con eso lo decía todo.

—Samira —llamó desde la cocina Safet.

—Aquí estoy —respondió.

—¿Quién ha llamado? ¿Era Aida?

—Sí.

—¿Cómo está? ¿Todo bien?

Samira entró en la cocina y agitó la mano para dispersar el denso humo de los cigarrillos.

—¡No se puede respirar aquí!

—Estaba escuchando en directo un partido de fútbol en Inglaterra. Allí no hay guerra y la gente lleva una vida normal. Apostaría a que nadie allá ni siquiera sospecha que nos estamos asesinando los unos a los otros como salvajes.

Samira se sentó en una silla frente a él y dio un suspiro.

—Aida me sonaba algo extraña —dijo.

—¿En qué sentido?

—Pues, como si tratara de ocultar algo.

—Aida nunca miente y nada oculta.

—Por eso sentí preocupación.

—¿Por qué iba a tener que ocultarnos algo a nosotros?

—No lo sé, y esos sueños...

—Ya, déjate de tonterías. Supersticiones...

—No son tonterías. Un mismo sueño, Safet, cada noche el mismo sueño. Eso no es un buen augurio. No puedo borrar de mi mente ese sueño.

—Nuestra hija sabe lo que hace. Siempre lo ha sabido, igual que tú.

Safet se alzó, aplastó el cigarrillo en el cenicero desbordante y se acercó a Samira. La abrazó y le dio un beso en el cuello. Muy cerca estalló un proyectil y los cristales de las ventanas temblaron. Tronó otro, después un tercero. Y de pronto su cocinita oscura se iluminó de una fuerte luz. Ardía el bloque de enfrente. Las llamas ya estaban devorando las paredes grises y el denso humo negro serpenteaba hacia los pisos superiores.

Davor miró su reloj. Eran casi las ocho de la tarde y había estado fuera más de media hora. Tenía que regresar, pero sentía un gran deseo de fumar otro cigarrillo y de prolongar un poco más ese instante. A unos metros de la calle se veía el negro esqueleto de un autobús del transporte público alcanzado por los proyectiles y detrás de él se besaban un chico y una chica; era una imagen habitual en Sarajevo en una primavera de paz y tan absurda hoy.

Sin embargo, metió la mano en el bolsillo para las cerillas y los cigarrillos, pero en vez de las cerillas palpó la cruz de plata. La apretó hasta sentir que se le clavaba en la piel.

Todo sucedió unos meses después de haber empezado aquel negocio con Zlatko en el mercado negro. Se habían enterado de que en Markale los de UNPROFOR iban a distribuir alimentos. Acudieron para ver si podían sacar algún provecho. Había dos camiones aparcados en la pequeña plaza, justo al lado del mercado municipal donde solo los tenderetes vacíos, cubiertos de nieve, recordaban los pasados tiempos de paz. Había mucha gente congregada, algo inusual, ya que nadie se lo permitía en estos días, pero obviamente el hambre había vencido al temor a la muerte. Componían una triste imagen. La multitud se agolpaba ante los camiones llenos de paquetes, lo que provocó el caos: se empujaban, se daban codazos, se golpeaban para adelantarse. El hambre vuelve al ser humano rencoroso.

Davor y Zlatko ya tenían pensado irse cuando cayó el primer proyectil. Lo siguió otro, y tras él todo un cañoneo. Tenían suerte de estar observando lo que ocurría desde cierta distancia. Derribados por la onda expansiva, se levantaron rápidamente y corrieron hacia la entrada de un viejo edificio. Desde allí lo vieron todo. El primer proyectil había dispersado a la gente. Brazos cortados, piernas y vísceras cubrían el asfalto y los que habían quedado con vida se arrastraban enloquecidos al refugio más cercano. Gemían, pedían ayuda, gritaban. Era horroroso. Davor y Zlatko miraban paralizados sin poder moverse. Cuando cayó el segundo la pequeña plaza se convirtió en un cuadro surrealista en el que rodaban desgarradas muñecas de trapo.

Frente a ellos estaba tendida en el suelo una mujer joven. El proyectil había convertido su cuerpo en una sangrienta masa amorfa, pero su rostro estaba ileso. Era un rostro puro, delicado y bonito. La mujer miraba a Davor y en la mirada había una súplica de socorro. No dijo ni una palabra, no gritó, no dio ni un gemido ni alzó la mano; simplemente le rogaba con la mirada. Davor, sin embargo, no podía hacer nada. Luego cesaron los disparos y él acudió corriendo. Intentaba decirle algo y no sabía reaccionar; ya no podía ayudarle. Se inclinó y le tomó la mano. Con un esfuerzo supremo, la mujer se incorporó acodándose y, por fin, pudo susurrar: «Maya Kovacic, Sredinska trece, primer piso...»

Quiso decir algo más, pero no pudo. Su cabeza tocó con el áspero asfalto y su alma voló hacia otras dimensiones, donde nadie descompone cuerpos y no priva a nadie de la vida que no ha creado. La palma de su mano se abrió y Davor vio en ella una cruz de plata. Así fue la muerte de Maya Kovacic en aquella tarde helada del veinte de febrero del noventa y tres. En este mundo ya no existirá Maya Kovacic. La pequeña plaza seguirá llenándose de gente que estará riéndose, besándose y disfrutando de la vida en el mismo lugar en que ahora Davor tomaba la blanca e inerte mano.

Deambulaba por las calles, aturdido. Simplemente no podía regresar. Zlatko había desaparecido y Davor no sabía adónde ir. En realidad, lo sabía. Lo sabía muy bien. Aunque andaba despistado por las calles heladas por el temor, iba caminando hacia Sredinska.

Conocía bien la calle, había pasado tantas veces por allí. A buen seguro se habría cruzado con Maya Kovacic en algún momento, en el tumulto. Tal vez hubiese hablado con ella o ella con él. Era probable que le hubiera dado algún empujón sin querer y haberle pedido perdón. Haber notado, asimismo, lo guapa que era y la fragancia que desprendía su piel. Quizá hubiesen coincidido en dos mesas contiguas en una de las cafeterías cercanas, él bebiendo de la taza de la que ella había bebido antes o sentado en la misma silla en la que poco antes ella estaba sentada, y que en el aire aún persistiera el aroma discreto de su perfume. Quizá se hubieran visto frente a frente, y tomando un trago de la jarra de cerveza él hubiera deslizado la mirada por la piel morena de sus bellos muslos mientras su risa resonaba en los peldaños de la plaza vecina.

Ya había dejado de preguntarse quién desató la guerra. Su

alma endurecida no hacía preguntas, no buscaba respuestas; pensaba solo en cómo sobrevivir el siguiente día.

Había llegado a Sredinska y demoró el paso. Sintió un nudo en la garganta. No sabía qué decir ni cómo decirlo, tampoco qué hacer cuando se desatara el mar de lágrimas y la mirada llena de dolor estuviera clavada en él con la pregunta silenciada: «¿Por qué ella? ¿Por qué ella, Dios mío, por qué ella?».

Estaba oscureciendo cuando encontró el número trece. La puerta de la entrada estaba abierta de par en par y del interior venía un soplo frío. Ni una sola ventana estaba iluminada, todos permanecían escondidos tras lo sucedido en la tarde. Dio un paso adelante. Sintió el olor a humedad y moho. Subió la sucia escalera (nadie siente ganas de limpiar cuando hay guerra). Llegó al rellano del primer piso, encendió una cerilla y se puso a mirar las tres puertas. En ninguna de ellas ponía «Kovacic». Por un instante pensó que se había equivocado de dirección o que la mujer lo había despistado. Quiso dar la vuelta, irse de allí, pero recordó su mirada. En esa noche helada alguien seguía esperando a Maya Kovacic.

Inspeccionó otra vez las tres puertas y sin saber por qué eligió la del centro. Llamó. Varias veces. No se oyó nada, absolutamente nada. Llamó de nuevo y esta vez escuchó unos pasos apresurados y una vocecita débil que preguntó:

—¿A quién busca?»

Fue tan inesperada aquella voz, evidentemente infantil, que Davor no sabía qué decir.

—¿A quién busca?» —repitió la vocecita.

—Pues… a Kovacic.

Siguió un breve silencio.

—Somos Jalilovic nosotros».

Y los pasos fueron apagándose.

Davor llamó a la puerta de la izquierda y, pasado un rato, escuchó una grave voz masculina:

—¿A quién busca?

—Busco a Kovacic.

Otra vez una breve pausa silenciosa.

—Están enfrente.

El hombre detrás de la puerta no preguntó nada más. En tiempo de guerra no hay buenos mensajeros.

Davor dio una vuelta, respiró profundamente y llamó a la puerta de enfrente. No fue necesario volver a repetir la llamada porque la puerta se entreabrió rápido y del interior asomó una mujer de estatura baja.

No dijo nada, solo le dirigió solo una mirada. Sus ojos estaban llenos de un dolor tan inmenso que lo dejó congelado.

—¿Está viva? —preguntó ella.

Davor no pudo decir nada, solo hizo un gesto negativo con la cabeza. La mujer se desplomó en el umbral. Davor intentó levantarla, pero con la misma voz baja le dijo:

—Déjame, por favor, déjame en paz, déjame sola.

Davor se volvió y salió de allí. Hacía frío en la calle, pero por dentro estaba ardiendo. Por la noche tuvo fiebre muy alta, casi cuarenta grados, y Lada y Aida no se separaron de la cama. Permaneció unos días entre éste y el otro mundo, varias veces se acercaba al aún caliente cuerpo de Maya Kovacic de la calle *Sredinska* en Sarajevo y cada vez una fuerza lo tiraba hacia atrás. No supo qué había provocado su malestar. De mucho tiempo vivía al límite de sus fuerzas, pero lo ocurrido en el mercado fue una experiencia demoledora. Perdió el deseo de resistir, de robar a los vivos y a los muertos tan solo para poder sobrevivir hasta el día de mañana. Pero si sobrevivieras hasta el final de la guerra, si estuvieras vivo, ¿cómo irías por esas mismas calles?, ¿cómo mirarías a esa misma gente a los ojos? Davor era buena persona, eso decían todos, tanto sus padres como los de Aida, los amigos, los familiares y los vecinos. Un buen hombre. ¿Y sigue siendo bueno uno si a causa del miedo, por necesidad o por amor comete algún acto vil?

Tres días no pudo recobrar la conciencia, tres días ardía en fiebre. Lada y Aida se turnaban sin dejarlo un momento. La fiebre provocaba escalofríos y crisis febriles seguidas por estados de delirio. Palabras confusas, incoherentes, balbuceos ininteligibles. Buscar un médico era imposible, tan solo podían rezar día y noche. Rezaban a Jesús, a Alá y a Dios.

Tal vez las súplicas llegaron al respectivo destinatario, y al tercer día Davor abrió los ojos. En una semana logró restablecerse del todo. Después contactó simplemente con Zlatko y ambos continuaron la faena en el punto en que la habían dejado.

19:30

El tiempo había volado sin sentirlo. Tenía que regresar. Faltaban menos de dos horas. Lentamente tomó el camino a casa. Pensaba en Aida. Habían transcurrido tantos años y su amor seguía siendo el mismo. ¿Era posible? Nunca había pensado en ello. No le daba tiempo. Con Aida el tiempo pasaba sin advertirlo. Habían pasado veinte años sin darse cuenta. Cuando el tiempo pasa volando eres un ser feliz. Durante esos veinte años estuvieron separados por un período prolongado una sola vez.

Fue durante el invierno del ochenta y cuatro. Un invierno crudo, muy frío, uno de los más duros en Bosnia. A Davor le tocaba realizar el servicio militar obligatorio. No le preocupaba demasiado el servicio militar pero tampoco ardía en deseos de ingresar en el cuartel. Conforme a la tradición balcánica, desde luego le montaron una fiesta de despedida. En los Balcanes la despedida del futuro soldado se convierte en un festejo popular. El ingreso en la universidad pasa en silencio e inadvertido.

Dalibor había tirado la casa por la ventana. Davor protestó, pero él sacó una decena de mesas al portal, dispuso encima el tocino y todo tipo de fiambres y abrió el barril con el añejo rakía preparado diecinueve años atrás con motivo del nacimiento de Davor. Congregó a todos los vecinos, los familiares, los alcohólicos del barrio y festejaron hasta el amanecer con los cantos de Lepa Brena y Vesna Zmijanac cuando un lánguido Davor, tras pasar la noche sin dormir, tomó el camino a la estación de ferrocarril de Sarajevo, acompañado por Lada y Aida para despedirlo. El tren partió con una lenta y jadeante marcha, y él sintió que se le encogía el corazón. Desde que cumpliese cinco años de edad no había estado separado mucho tiempo de ella. El tren se alejaba del andén y el rostro de Aida se iba haciendo menos visible, antes de diluirse en la neblina otoñal.

Davor fue destinado a las montañas de Bosnia. Pasaba un frío terrible haciendo turnos de guardia y de vigilante. Para colmo, los abuelos lastimaban y maltrataban a los pelusos. Era un chico fuerte, pero le costó sobrevivir a aquel invierno. No le agobiaban los entrenamientos, los desfiles o las marchas forzadas, pero regresar al cuartel helado y muerto de cansancio y hacerte salir en cueros a la plaza ya era demasiado. Estuvo a punto de partir la cabeza a uno de los superiores con la culata. Sabía que luego su vida estaría destrozada, aniquilada, pero en verdad había momentos en que no aguantaba. Lo único que le salvó de no enloquecer y de cometer alguna gran insensatez fue Aida. Otra vez Aida. En cada encrucijada importante de su vida aparecía Aida.

Le enviaba cartas. Constantemente. Nunca había escrito antes, pero en aquel entonces...

Querida Aida:

Aquí el tiempo se ha parado, ha desaparecido. Me siento horrible, el acoso es constante, diario y ya no lo soporto. No sé en qué

142

momento perderé la paciencia y romperé la cabeza a uno de esos,
podría ser incluso algún oficial. La humillación y los malos tratos
son constantes. Todos los jefes saben bien lo que está ocurriendo
y no hacen nada. Se limitan a observar. Lo único que me frena de
no cometer algún desatino eres tú. Si lo hiciera, probablemente no
volvería a verte más.

Te necesito, Aida.

Al principio Aida no prestó mucha atención a la ira sote-
rrada de sus cartas, pero con el paso del tiempo —y sobre todo
durante el invierno— su cólera iba creciendo y ella percibió lo
difícil que era ese trance para Davor y cuán importante era
brindarle su apoyo. En este mismo período, sin embargo, se
sentía presa de titubeos y vacilaciones por la perspectiva de
su relación de novios. Sentía que, de preservar la relación en
un momento como ese, en el que estaban separados, la pre-
servarían para siempre. Al mismo tiempo, mucha gente de la
comunidad musulmana aprovechaba la ausencia de Davor y
hacía todo lo posible para distanciarlos. No dejaban de pro-
ponerle candidatos adecuados, de la religión adecuada, desde
luego. Contraer matrimonio con un musulmán se había convertido en su misión más importante. Tal vez porque Aida
era una chica hermosa o tal vez porque el amor entre los dos
era muy extraño y amenazaba con llegar a ser un verdadero
símbolo. Pero Aida pudo resistir. Cuanto más la presionaban,
cuantos más candidatos le presentaban, más segura estaba de
que su corazón pertenecía a un solo hombre.

Querido Davor:

No hagas estupideces. Te lo ruego. De todo corazón te ruego
que resistas. Davor, si me traicionas y me quedo sin ti, estoy

perdida. Vivo solo por ti, mi amor. Piensa en todo lo que
viene por delante cuando vuelvas, piensa en nuestros hijos.
Piensa en cómo envejeceríamos juntos, en los paseos que
daríamos en algún jardín soleado siendo ya octogenarios,
apoyados en bastones y mirando a nuestros nietos correr
alrededor. Sin ti, Davor, me casarían con algún devoto
islámico y mi vida pasaría en soledad. Si eso sucede, dejaré
de vivir. Sin ti nada tiene valor. Te necesito, Davor. Necesito
saber que existes en este mundo. Podré resistir cualquier
cosa, pero he de saber que existes y que volverás. Y que me
tomarás en tus brazos.

Te estoy esperando, mi querido Davor.

Las cartas que intercambiaban dejaban su sello, una tras otra, en la memoria de Aida, ahuyentaban sus sospechas, hacían sentir en su corazón la seguridad en el amor. Nada más enviar la última carta empezaba a pensar en la siguiente. Se acostaba de noche, escuchaba en la oscuridad el crepitar de la leña en la estufa y ordenaba en su mente las palabras dirigidas a Davor. Intentaba imaginarle como soldado, vestido de capote militar, pero, invariablemente, en su imaginación afloraba el rostro jovial que había besado por primera vez cuando estaban en el séptimo grado.

Después del Año Nuevo, ya pasada la mitad del servicio, Davor empezó a pensar con mayor frecuencia en el porvenir. Desde la perspectiva del año ochenta y ocho éste le parecía luminoso y despejado: terminaría la mili, regresaría a Sarajevo y con Aida seguirían en la Universidad. Habían tomado la decisión de que ella lo esperase para poder ingresar y hacer los estudios juntos. Y casarse posteriormente. Veía solo la parte luminosa de la vida y parecía ignorar su reverso opaco.

Querida Aida —le respondía en la siguiente carta—, respecto
a mí las cosas están mucho mejor. Falta muy poco. Pienso
solo en ti, sobre todo cuando estoy de guardia y tengo dos
horas de estar a solas conmigo. Tenemos ahora más ejercicios
y entrenamientos de tiro con armas de fuego ya que ha
mejorado el tiempo. Así las cosas, cambian de cierto modo
porque volvemos por un momento a la vida civil. Pasamos
en el camión al lado de los pueblos sumergidos bajo la
blanca sábana de la nieve, con las chimeneas humeantes de
las casas, y eso nos hace pensar que allá dentro hay gente
cobijada que lleva una vida normal. Los entrenamientos
nuestros parecen una aventura de montaña. Dormimos en
unas construcciones parecidas a albergues y nos sentimos
casi libres. Pese a todo, te extraño muchísimo. Necesito todo,
absolutamente todo lo relacionado contigo: la voz, la emoción
de la esperanza de volver a verte y acariciarte. La perfección
de tus manos, las puntas de tu cabello, la sonrisa, los gestos
habituales, la gracia de tu cuerpo, tu manera de andar. La
delicadeza de tus pies, la sonrisa. La fragancia de tu piel,
el calor de tu cuerpo. Toda tu chispeante belleza que llena el
ambiente.

Llegó la primavera y vino por sorpresa. En Sarajevo todas
las estaciones del año son bonitas pero la primavera es la más
bonita. Empiezan a derretirse los carámbanos, el sol prome-
te una vida nueva, empieza a percibirse el olor a jazmín, el
embriagante aroma que absorben todos los hogares. El que
haya estado en Sarajevo jamás podría olvidar la fragancia del
jazmín en las límpidas mañanas de primavera. Aida paseaba
por las calles de la ciudad, escuchaba el canto de los pájaros y
soñaba.

Querido Davor,

*Ha llegado la primavera y con ella la esperanza. Todo
lo malo se ha derretido como la nieve. Por las calles
corren ríos, suenan los carámbanos, los pajaros cantan y
todo va preparándose para una vida nueva. Sarajevo es
una maravilla. He ido varias veces a la Universidad, he
averiguado todo y cuando vuelvas tendrás un mes para
preparar los exámenes de ingreso. La Universidad es muy
bonita, el edificio es romántico. Nada tiene en común con
los limpios pasillos con olor a lejía de la escuela. Estoy
impaciente por que vuelvas para abrazarte y sentirte.*

¡Te quiero, Davor!
Siempre tuya. Aida

Fue la carta que lo hizo sentirse más feliz. Por primera vez
desde que había empezado el servicio militar ella escribía «Te
quiero». Y eso de «Siempre tuya».

Guardó para siempre esa carta.

Había llegado al portal. Aspiró por último el aire primaveral,
se coló por la puerta desquiciada y siguió escalera arriba. Se
encontraba ya en el rellano entre el tercer y el cuarto piso
cuando oyó la explosión. En un primer momento ni siquiera
entendió lo que estaba sucediendo. La onda expansiva lo empujó hacia atrás y se dio con la ventana de la escalera. Los cristales se rompieron y una granizada de pedacitos diminutos le
cayó encima. El frescor del aire entrante lo hizo volver en sí y
echó a correr hacia arriba. Abrió la puerta del piso y ahí dentro, en el pasillo, lo estaban esperando Aida, Lada y Dalibor.

—Davor, ¡eres un imbécil! —Aida empezó a gritar—. Eres un idiota, ¿qué has hecho? ¿Cómo has podido dejarme sola?

Retrocedió y se apoyó en la puerta y Aida empezó a darle golpes con los puños en el pecho.

—Al escuchar la detonación estaba segura de que no volvería a verte nunca más. ¿Cómo has podido hacerme esto?

Davor se sintió asustado. Nunca la había visto en ese estado y no supo reaccionar.

Y cometió el error.

—Venga, Aida, cálmate —dijo—. Todo está bien, ¿no? Es inútil dramatizar tanto.

Esas palabras, precisamente, desataron toda la furia acumulada que ella acarreaba desde el comienzo de la guerra.

—¿Soy yo quien dramatiza? —gritó—. ¿Cómo has podido decir eso? Después de todo lo que he soportado por ti. ¿Cómo pudiste dejarme sola justo hoy? ¿Qué más quieres de mí?

Lada, una mujer que siempre actuaba con sangre fría, apenas sabía reaccionar. Sin embargo, Davor pudo dominarse, pasó una mano por el costado de Aida, la tomó en sus brazos y la llevó a la habitación. Sus padres seguían de pie en el pasillo y miraban petrificados. Antes de entrar se volvió y les dijo:

—¡A las habitaciones! Nada más queda por ver. Simplemente, todos estamos al límite de nuestras fuerzas.

Cerró tras sí de un portazo la puerta con el pie, dejó caer a Aida sobre el lecho y él mismo cayó encima de ella. Sintió el olor de su límpida piel. Aida quiso evadirse, pero él era bastante fuerte. La presionaba sin hacerle daño, pero tampoco le dejaba posibilidad alguna de escapar de sus brazos. Ella dejó de resistirse, quedó inmóvil y rompió a llorar. Davor sabía que algo largamente reprimido había salido a flote.

—Estoy aquí, Aida —susurró, y la apretó aún más fuerte—. Siempre estaré aquí.

Solo esto supo decir, no le venía otra cosa a la mente.

Aida siguió sollozando unos minutos más y se relajó en sus brazos. Davor se levantó con cuidado y miró el reloj.

—¿Qué hora es? — preguntó Aida.

— Las ocho menos cuarto —respondió.

—Creo que no podría, Davor —dijo inesperadamente, con voz apagada.

Como si no fuera su voz.

Después de haberla visto perder los nervios, Davor esperaba todo menos lo que acababa de oír. No sabía cómo actuar.

—¿Me has oído? Creo que no tendré fuerzas —repitió.

—Aida... —Davor quiso comenzar pero se contuvo; quería escoger las palabras exactas y no sabía cuáles eran.

—He resistido mucho tiempo, Davor, he resistido motivada por ti, pero me siento agotada, soy débil ya, creo que no tendría fuerzas para hacerlo.

De pronto el silencio se hizo denso. Incluso el tiroteo quedaba muy lejos y parecía como si estuviesen solos en el universo.

Habían hablado de *ello* desde que lo negociaron con Karo, pero no sabían cómo iban a sentirse al llegar el momento. Solo sabían que debían ser fuertes. Davor era consciente de que cometió un error al salir a la calle, pero en ese instante no podían permitirse debilidades.

—Aida —dijo atento—, ya no podemos ceder. Es nuestra oportunidad, lo habíamos hablado tantas veces...

—No es el miedo, Davor —le interrumpió Aida—. Estoy cansada. Dentro de mí todo está gritando que sea dejada en paz. Tú no puedes imaginártelo. Uno está vivo al actuar y yo creo que ya estoy muerta. Siento ese cuerpo mío como algo ajeno. Incluso para los actos más rutinarios, digamos lavarme o ir al baño, no me alcanzan las fuerzas. Estoy exhausta. Tengo la sensación de estar llevando una montaña sobre mis hombros. No podría.

Davor no dijo nada.

En el mercado negro trabajaban para Karo con Zlatko. Hacía falta ganar dinero de alguna manera ya que la situación se volvía insoportable. Había escuchado hablar de ese mercado, situado detrás de la estación de autobuses, fue allí varias veces y comprobó que se vendían todo tipo de cosas, comenzando por pilas y aguardiente hasta lavadoras y pistolas. En dos mesas contiguas se podían ver bidones de plástico con col fermentada y cargadores armados para *kalashnikov*. Había de todo, bastaba con tener dinero. Un día se encontró con Zlatko. Eran amigos en la primaria. Hablaron y él le dijo que acababa de pactar con un tío cuasi empresario, cuasi delincuente, y que trabajaba para él por un porcentaje fijo.

Lo llevó a la «oficina» de Karo, que ocupaba un garaje en la calle principal. Se entraba desde la calle. Y allí lo vio. Estaba sentado en una silla giratoria de cuero bajo la única bombilla amarillenta, fumaba y miraba en un televisor de gran pantalla y a su alrededor estaban dispersos en un impresionante desorden decenas de artículos y objetos: cartones de cigarrillos, bombonas de gas, revistas pornográficas y medicamentos. Había de todo. Karo llevaba camiseta deportiva color azul de mangas largas, pantalón blanco, zapatos deportivos y fumaba maría. De su cuello colgaba una maciza cruz y sus ojos desde largo rato estaban sumergidos en un pantano rojizo. La guerra lo había convertido de un marginado bandido de rango mediano en rey de las calles de Sarajevo.

—A ver, ¿con quién vienes a verme, Zlatko, amigo mío? Un amigo es un tesoro, pero tú eres una mina de oro —dijo.

Estaba bien drogado. El televisor frente a él transmitía una película porno alemana con dos hombres de color y una rubia y Karo había puesto el volumen al máximo.

—Éste es Davor —gritó Zlatko—. ¿No te acuerdas de él?

Quedó a la espera de la reacción de Karo, pero éste solo soltó una nube grisácea de humo y una risotada.

—Davor es amigo mío de la escuela, lo conoces.

—Aaaah... Eres el que llevabas la bufanda de *Zvezda* y andabas con la chica musulmana, ¿no?

Davor se sulfuró. Siempre que alguien mencionaba a Aida se enfurecía. Si hubiera dicho una sola palabra más le habría dado un puñetazo en la jeta. Pero Karo dejó el tema.

—Tío —dijo—, ¿estás buscando trabajo?

—Sí —respondió Davor—, hace falta comer.

—Tienes razón. Pues ¿qué más decirte? —una sonrisa asomó en sus labios—. Estás contratado —dijo, y escupió sobre el suelo de hormigón quedándose fijado largo rato en su escupitajo.

—¿Con solo eso? —se extrañó Davor.

—¿Y qué más? —preguntó riéndose—. ¿Quieres que firmemos un contrato? Podrías pedir seguro social, pero los del departamento de personal están de vacaciones indefinidas.

—No, pero al menos alguna aclaración.

Karo se levantó, se acercó tambaleándose a la nevera, la abrió y sacó una botella de Johny Walker. Desenroscó la tapa. Lo hacía lentamente, con una cierta delectación. Bebió un trago grande y después, sin soltar la botella, sacó de un armario dos vasos, los llenó y se los ofreció.

—Las condiciones, tío, son las siguientes —empezó a explicar—. Van andando por toda la ciudad y buscan productos. En todas partes. En los sótanos y los almacenes, en los pisos y las guarderías. En todas las partes posibles y todo tipo de cosas. No me interesa el modo de conseguirlas. Si las han cogido de una casa vacía o ustedes han vaciado la casa, o si las han comprado, eso no me importa. Me las traen, yo las vendo en el mercado negro y un treinta por ciento queda para ustedes. Venga, ¡salud!

Brindaron y tomaron un sorbo de whisky. Era auténtico.

—Bien —intervino Davor—, ¿por qué tenemos que entregarte las cosas a ti si somos capaces de venderlas nosotros y quedarnos con el cien por ciento?

Karo rio.

—Porque si apareces, tío, con algo tuyo en el mercado no esperarías a la puesta de sol. Aquí cada sector está bien distribuido ya. Y algo más, porque ganan mi protección. ¡Qué palabra más bonita, *protección*! Además, cualquier cosa que necesites, tío, cualquier cosa que necesites, lo que sea, puedo conseguirla.

Davor pasó los dedos por su densa melena. Aida no tenía ni idea de lo que él había tenido que hacer durante ese año y medio para conseguir algo que llevarse a la boca.

—Aida, tienes que animarte —dijo, incorporándose en la cama detrás de su espalda—. No te voy a suplicar, no te voy a explicar nada, solo te diré una cosa: tienes que animarte.

No te estoy preguntando qué puedes hacer o no puedes hacer. Simplemente *tienes que* hacerlo.

—No podré —su voz era cada vez más débil.

—¡Yo no me voy a quedar aquí! —respondió rotundamente—. Después de todo lo que hemos vivido, después de todo lo que he hecho.

Se levantó bruscamente. Fue hacia la ventana, miró en la oscuridad y estalló. Ya no podía controlarse.

—¿Sabes tú lo que he hecho para que estemos juntos? ¿Sabes a lo que he renunciado? He renunciado a todo en lo que había creído. No tienes ni idea, Aida. Te he querido como a nada en el mundo. Me vendí al diablo para estar contigo y ahora me sales con esto de que no te puedes marchar. ¿Sabes lo que es robar a conocidos y a desconocidos, rebuscar en los bolsillos de los fusilados antes de haber comprobado siquiera si siguen respirando? Permanecer tendido en los charcos sucios entre cadáveres, mientras esperas a que pare el tiroteo y después llevarte de ellos lo que pueda venderse. Mirar la muerte a los ojos cada puto día y hacer las cosas por joderse el uno al otro. Entrar en las casas de la gente y privarles de trozos de vida, de sus recuerdos, solo para sobrevivir, para tener algo que poner en la mesa. ¿Sabes lo que es cerrar los ojos cuando delante de ti matan a niños, se mofan de los ancianos y violan a mujeres? Ponerse al servicio de los bandidos, estar hasta el cuello de mierda. ¡Y todo esto para poder estar contigo!

Se ensuciaban las manos con Zlatko, se ensuciaban las almas. Salían temprano por la mañana y rondaban la ciudad. Empezaron con las áreas mejor conocidas, considerando que podrían encontrar cosas sin tener que meterse en líos. Iban en el *Zhiguli*[16] de Zlatko. Empezaron con las casas y los pisos que esperaban encontrar deshabitados. Merodeaban. Varias veces durante ese año y medio estuvieron a punto de perder la vida por los obuses disparados. ¿Tenían un ángel custodio o el diablo les protegía? Entraban en la vida de las gentes, unas ya fusiladas, otras que habían dejado todo al huir pero con la esperanza de volver algún día y encontrar todo en su sitio. Trataban de no privarles de sus cosas de valor, buscaban electrodomésticos, conservas, mantas, ropa. Amontonaban todo en el coche e iban directo a Karo. Daban vueltas horas enteras y conseguían cantidad de objetos. Karo les pagaba lo negociado. Era, en realidad, una persona honesta, pero a su manera. Tenía su propia idea de la honestidad. Era capaz de pegar un tiro a uno sin pestañear tan solo por haber cruzado la calle antes que él. A ellos, sin embargo, les pagaba obligatoriamente el convenido treinta por ciento. Al inicio Davor dejaba todo lo que cobraba a Aida y ella se encargaba de la comida de las dos familias, pero más tarde comenzó a guardar cierta cantidad de dinero. Lo escondía en un calcetín de lana y lo dejaba guardado en casa de Zlatko. Paulatinamente, el fajo de billetes iba engrosando. Aún entonces tenía ideado *el plan*. Y para *el plan* necesitaba dinero. Mucho dinero.

En un determinado momento, sin embargo, ya no quedaban más casas abandonadas. Empezaron entonces a hurgar dentro de las casas de sus familiares que habían huido de la ciudad. Robaban a sus propios familiares. Es la guerra.

No hay opción. Estás sobreviviendo. Acabaron con las casas de familiares y la necesidad de dinero era apremiante. Entonces se encargaron de *aquéllos*.

---

16   Marca de la industria automovilística de la URSS.

Sucedió en otoño, cuando llovía sin cesar y la humedad se infiltraba por todas partes. Pero era mejor con mal tiempo, porque así a los francotiradores les costaba más dar en el blanco. Antes a Davor le gustaba la lluvia, pero eso era antes, antes de apagarse el mundo. Decidieron empezar por el centro, tal vez porque la mayoría de los del mercado negro frecuentaban los barrios de la periferia, considerándolos más fáciles para rebuscar. Sin embargo, según Davor y Zlatko, en el centro vivía sobre todo gente de edad y sería más fácil obtener el botín. Inspeccionaban primero los sótanos, pero encontraban muy pocas cosas.

Entonces se dieron a la tarea de saquear pisos.

Estaban ante un sólido edificio de estilo neoclásico con macizas puertas dobles. Por fuera parecía ciego, sordo, deshabitado. Era al atardecer. Encima de las escaleras, con gruesas cifras negras ponía *1933.* Subieron por los peldaños de la ancha escalera de mármol, leían los nombres escritos en los rótulos de las puertas y tomaban según ellos las decisiones. Eligieron penetrar en un apartamento en el tercer piso, el de la izquierda. Les pareció muy vago el nombre de la familia: Rešić. Y si Dios eligiese según los nombres... Llamaron a la puerta varias veces, pero nadie respondió. Entonces Zlatko sacó el garrote del saquito y forzaron la puerta. Oyeron un maullido en el interior, pero ya no podían ceder. La puerta se abrió con un lastimoso rechinar, sintieron el soplo de olor estancado, de vejez y orín de gato y en sus piernas se frotó un felino rojo. Se miraron preocupados, cerraron la puerta tras sí y encendieron la linterna. Zlatko tenía una pistola en la mano y Davor un martillo. Siguieron sigilosamente por el pasillo y adentrándose sentían más intenso el olor a orina. Atravesaron un espacio parecido a una antesala con pesadas cortinas plisadas de felpa y llegaron a una maciza puerta de madera. La abrieron con sigilo y entraron en un amplio salón. Era impresionante. Con muebles barrocos, los sillones con los reposabrazos tallados en forma de caracol y brillante damasco color castaño. Del techo colgaba una araña de cristal y sobre el suelo había una suave alfombra persa. Se veían también objetos medio empaquetados. Percibieron unos sonidos raros a través de la puerta entornada que tenían a la derecha. La empujaron levemente, iluminaron con la linterna y vieron un lecho grande, añejo, con tablas de madera tallada. Y en él yacía y gemía bajito un anciano, acurrucado bajo una manta amarilla. Ni siquiera reaccionó a su presencia, ni a la luz de la linterna. Olía a orina y excrementos y a duras penas frenaron las ganas de vomitar. Iluminaron el rostro afligido y sin afeitar del viejo. Él no abrió los ojos, solo seguía con los gemidos apagados. Por un instante Davor pensó si sería bueno ayudarle. Pero no había tiempo para gestos de misericordia. Estaban sobreviviendo.

Se llevaron lo que pudieron del piso y se fueron corriendo. Al día siguiente llamaron desde un teléfono público a los servicios sociales que se encargaban de atender a las personas abandonadas y dictaron la dirección. No obstante, el sentimiento de culpabilidad persistía. Entregaron a Karo, sin embargo, lo que se habían llevado y recogieron su treinta por ciento. Al otro día volvieron al centro.

Le dolía el alma por todo lo que había hecho. Aunque el alma no duele. Al afeitarse ya no se miraba en el espejo. No podía. Bebía para poder amortiguar el dolor de los recuerdos y al día siguiente se levantaba y continuaba...

* * *

—¿Sabes lo que es, mi querida Aida, lo más horrible? Lo más horrible es cometer un sacrilegio moral. Robar a su madre. ¿Te acuerdas de los dos mil marcos alemanes que no alcanzaban? Te acuerdas, sí. ¿Y del collar de oro de la boda de mi mamá? Pues *no volverás a verlo* más. Seguro que algún voluntario se lo ha regalado a su puta novia. Por eso ahora te levantas, te espabilas y nos vamos.

Davor se quedó callado tan inesperadamente como había estallado. Se restableció otra vez el silencio.

Este silencio, sin embargo, era muy distinto. Estaba marcado por el impacto cruel de sus palabras.

Un mes antes, Davor había pedido a Zlatko que le diera aquel calcetín. Permaneció a la espera de que todos se quedasen dormidos, se encerró en el baño, encendió la vela y se puso a contar el dinero. Eran marcos alemanes (todos habían dejado de interesarse por el dinar, que había perdido importancia hacía tiempo, igual que la propia Yugoslavia). Primero alisó cuidadosamente los billetes, los contó, volvió a contarlos y los puso de nuevo en el calcetín. Eran, ni más ni menos, diez mil trescientos setenta y cuatro marcos.

Días después cuando llevaron la nueva porción de mercancía y recibieron su pasta, le dijo a Karo que quería hablar con él.

—Pero que no sea ahora —añadió—. Quiero que estemos a solas.

Karo arqueó con expresión interrogante la ceja izquierda y emitió un silbido.

—¿Por qué? —preguntó—. ¿No habrás decidido traicionar a tu amiguito Zlatko? En la guerra uno ha de ser egoísta y ha de sobrevivir, pero a mí no me caen bien esos líos, quiero que lo sepas.

—No —respondió Davor—. Voy a pedirte un favor. Un favor muy grande, más bien una ayuda... pagada, claro. Nada tiene que ver con Zlatko, es algo muy personal y no quiero involucrarlo.

Pasados dos días se citaron en una de las pocas cafeterías abiertas, a la que Karo abastecía de productos. El interior estaba lleno de humo, en las mesas permanecían sentados hombres taciturnos con las caras sin afeitar; bebían cerveza y en sus ojos había miedo y desesperación. Karo estaba como en su propia casa. Encendió un Marlboro, pidió dos cervezas y comenzó a hablar con la voz de Marlon Brando en *El Padrino*.

—¡Venga, dime! ¿De qué favor quieres preguntarme?

Davor titubeó un instante —¿tantear el terreno tan solo?— pero luego decidió ir al grano.

—Me habías dicho que podíamos contar con todo tipo de ayuda.

—¿Y?

—Pues ahora necesito de ese tipo de ayuda. Quiero que me digas qué posibilidades hay, cuánto costará y si puedes negociar las cosas para sacarnos con Aida de la ciudad.

Karo dio un silbido de sorpresa. Se tomó la cerveza de un solo trago y pidió otra.

—Eso es cosa seria —dijo finalmente—. Muy seria.

—Lo sé —respondió Davor impaciente—. Por esa razón te lo pido a ti.

—¿Te das cuenta de lo mucho que te arriesgas?

—Sí, me doy cuenta.

«Y ¿te das cuenta de que *a ti* podemos sacarte sin correr

grandes riesgos? Eres serbio y simplemente encontraremos las personas adecuadas. Pero...

—No —le interrumpió Davor—. Soy consciente de todo, pero partimos *los dos*.

—¿Y por qué en ese momento, tío? ¿Por qué no lo hicieron al comienzo, entonces había mayores posibilidades?

—No podíamos dejar a los padres.

—¿Y ahora sí que pueden?

—Ahora es menester.

—¿Y qué lo impone?

—Aida está encinta.

Karo soltó una bocanada grande de humo.

—Eso lo cambia todo —dijo con un profundo suspiro—. Mira una cosa, nunca me ha interesado quién folla con quién. Cristianos, musulmanes, católicos, son pajas religiosas iguales. Pero ustedes dos siempre me han caído bien, desde cuando éramos alumnos. Eran diferentes, igual que yo. De acuerdo, de una forma muy distinta, pero me gustaban por no obedecer las normas. Vale —dijo de manera tajante—. Te hago una última pregunta y piénsalo bien antes de responder.

Karo se inclinó sobre la mesa y arrastrando cada palabra, dijo:

—¿Estás seguro de lo que me estás pidiendo?

—Sí, estoy seguro.

—Bien, queda claro —dijo recostando la espalda—. Hablar más no vale la pena. Voy a preguntar por ahí. En principio, es posible. Se están sacando personas, pero es muy arriesgado. Y muy caro.

—No importa, tengo dinero, ahorraba.

—¿Y lo harías por amor? Además, por una musulmana... Vale. Encontraré la gente de mayor confianza.

Volvieron a verse tras unos días en el mismo lugar, otra vez pidieron cerveza, brindaron, se dijeron «¡Živeli!». Y Karo abordó rápido el tema:

—He verificado todo, tío. Las opciones ya son escasas porque la situación es más complicada. Pero existe una posibilidad. Hacerles salir por el puente *Vrbanja*. En efecto, es la única posibilidad. Yo me encargo de organizarlo todo, pero costaría bastante.

—¿Cuánto? —preguntó con inquietud Davor.

—El precio real es veinte mil marcos alemanes, pero he podido rebajar unos tres mil. Sabes, no soy uno cualquiera, soy uno de los reyes de Sarajevo. Entonces, por último diecisiete mil.

Davor se quedó callado. Esperaba que fuera menos.

—¿Cuánto tienes? —Karo presintió el problema.

—Casi once mil marcos —dijo con preocupación Davor.

—No es poco, pero es insuficiente —opinó Karo—. Puedo hacerte algún prestamito.

—No podría devolvértelo.

—Lo vas a devolver; la guerra, de todas formas, algún día va a terminar y además, la vida es cosa rara, en algún momento volveremos a vernos. Mira, podemos quedar en quince mil. Estarás en deuda conmigo, pero tienes que conseguir unos dos mil. ¿Lo puedes hacer?

—Sí puedo —exclamó Davor—. Te lo agradezco mucho, no lo olvidaré.

Se oyó la risa gutural de Karo.

—Todo se olvida en esta vida, y quizá es lo mejor que tiene. Tanto lo bueno como lo malo, todo se olvida.

* * *

Cuando Davor dijo a Aida lo que tenía pensado, a ella le entró el pánico. Ansiaba tanto abandonar ese infierno, quería dar a luz en libertad, pero no podía imaginarse cómo realmente esto podría ser realizado. Siguieron semanas ansiosas y difíciles. No había con quién compartir. Deberían de vivirlo en carne propia y superarlo por ellos mismos, como tantas otras cosas que habían afrontado juntos en la vida.

Aida nunca supo de dónde logró conseguir Davor los dos mil marcos restantes. No había quien le prestara tanto dinero, ya nadie tenía nada. Una noche él regresó muy disgustado y le dijo que había conseguido el dinero que faltaba. Aida le preguntó cómo había logrado hacerlo, pero él no quiso responder. Tenía un aspecto horrible, como si hubiera asesinado a una persona, y ella no se atrevió a hacerle más preguntas. Al fin, Davor entregó el dinero a Karo y él le aseguró que le iba a informar de la fecha exacta y que tenían que esperar.

Le llamó unas semanas después. No se citaron en un restaurante, sino en una de las calles principales, en la esquina de Franie y Vilsonovo, cerca del puente Vrbanja. Él había elegido el sitio. Soplaba un viento primaveral que dejaba la sensación de ligereza y esperanza. No se veía a nadie, todo estaba tranquilo.

Se dieron la mano y Karo fue directamente al grano.

—Tío —dijo—, ¿ves el puente?

—Sí.

—Aquí ocurrirá todo.

—¿Cómo? ¿Y cuándo?

—He dado el dinero a quien debía darlo, son gente de confianza.

—Algún día te lo devolveré.

—Algún día... Deja eso. Escúchame atentamente. Hoy es once de mayo. Será dentro de ocho días, el diecinueve. Tienen que ser puntuales, pero muy puntuales con Aída. Nadie debe enterarse, ni tu familia ni la de ella ni siquiera Zlatko, ¡nadie! Basta con que uno se delate y todo se irá a la mierda. Y sus padres obligatoriamente se delatarían por el temor que sentirán por ustedes.

—Sí.

—Han de tener mucho cuidado. Justo a las nueve de la noche, ni un minuto antes ni después, van por el puente. Los francotiradores harán una pausa entre las nueve y las nueve y cuarto, pero ustedes no pueden permitirse ninguna demora, ya que todo puede suceder. Echan a andar a las nueve en punto. Caminarán despacio, nada de ademanes bruscos, nada de correr. A paso lento, sin prisa, como si estuvieran paseando en el parque. Cuando lleguen al final del puente doblan a la derecha y se esconden detrás de la primera casa. Allí les esperarán Mile y Tuće, debes recordarlos, estudiaban en la escuela.

—Me acuerdo. Incluso entonces siempre iban juntos.

—Estarán esperando para llevarlos al territorio seguro fuera de la ciudad. Después les toca a ustedes dos.

—Comprendido, seremos puntuales. Te doy las gracias —dijo en voz baja Davor.

Karo aplastó con el pie en el áspero asfalto la colilla, lo miró prolongadamente y dijo:

—Tío, soy un tipo insensible hasta el tuétano y no me importa nada ni nadie. Con estas manos he matado a más de cien personas, desde pequeño soy así, tú me conoces bien.

Pero ahora me gustaría muchísimo que la suerte los acompañase. No entiendo por qué, carajo, les tengo simpatía.

Alzó la maciza cruz que colgaba de su cuello y dijo muy serio:

—¡Que Dios les proteja, tío!

E hizo la señal de la cruz.

Fue la última vez que estuvieron juntos con Karo.

Había dicho a Zlatko que Aida no se encontraba bien y que estaría a su lado unos días.

ENTREVISTA

Despacho de director, viejos muebles pesados de la era socialista, gruesa alfombra desteñida, retrato de Tito, jarra de
agua, carpetas y hojas desordenadas, macizo escritorio marrón oscuro, un hombre alrededor de los cincuenta, canoso,
pero de cuerpo conservado, cuerpo atlético.

—¿Nombre?

—Vlade Popovic

—¿De dónde es?

—De Banja Luka.

—¿Estaba usted allí al comenzar la guerra?

—Estaba en mi pueblo, en Toporičane, a unos veinte kilómetros de Banja Luka. He pasado allí los primeros seis meses
de la guerra.

—¿Le ha sorprendido?

—¿El qué?

—La guerra.

—No, flotaba en el aire tras la muerte del camarada Tito y
el desplome podía presuponerse.

—¿Por qué no huyó usted?

—Huir... ¿dónde? He nacido aquí, he vivido aquí, conozco solo lo que aquí está. ¿Adónde debería ir?

—*Y lo que sucedió durante la guerra ¿le ha sorprendido? Ya que habían vivido juntos tantos años seguidos.*

(Silencio, una mirada huidiza que se escapa a través de la ventana, igual que una huida de la escena del crimen, después en voz plana, voz triste.)

—Trabajo con personas y nada de la gente podría sorprenderme. En cada ser humano, en cada uno de nosotros, conviven un ángel y un demonio. Mira, soy cirujano en la prisión: he visto a un violador y asesino en serie saltar al río a una temperatura de diez grados bajo cero para salvar a un niño hundido entre los hielos. Un niño desconocido.

—*A pesar de ello, toda esa violencia injustificada, todo ese horror...*

—Es una guerra, si alguien cree que la guerra es una aventura pues que venga, bienvenido sea.

—*Usted es serbio y los serbios están sometidos al mayor número de acusaciones en esta guerra.*

—Sí, soy serbio y me siento orgulloso de serlo. Es verdad, tratan de demonizarnos, pero, ¿sabe usted lo que le voy a decir? En una guerra no hay inocentes. Todo el que se ha manchado las manos de sangre es culpable. Y todos se mancharon las manos de sangre, sin diferencia de religión y nacionalidad.

—*Aunque los hechos dicen algo distinto.*

—A la mierda los hechos. ¿Sabe lo que dijo Albert Camus?

—*A ver...*

—No existe una sola verdad de nada, cada cual tiene su verdad y para él es la verdad más verdadera.

—*¿Y cómo ha topado usted con Sarajevo?*

—Nos movilizaron y nos trajeron aquí.

—*¿Cuándo sucedió?*

—En la primavera del noventa y tres.

—*¿Les han movilizado? ¿Movilizaban a civiles?*

—No, yo soy voluntario. Simplemente trasladaron nuestra unidad de Bračko hacia Sarajevo, aquí hacía falta un mayor número de hombres.

—*Entonces, es usted voluntario. Pero ¿no es un poco extraño? ¿No contradice tajantemente todo lo que usted creía y hacía antes de la guerra?*

—¿Por qué opina así?

—*Porque es usted médico, ha hecho el juramento hipocrático, ha salvado gente —y sigue salvándola hoy— y durante la guerra, con las mismas manos, ha quitado vidas humanas. Ha matado usted, ¿no?*

—Sí, he matado.

(Con la misma voz plana, inexpresiva)

—*¿A muchas personas?*

—Seguro.

—*¿Cómo podría explicarlo?*

—Nada tengo que explicar y a nadie tengo que pedir excusas. Cuando comenzó la guerra me quedé en Toporičane con la familia de mi hermano. Unos meses más tarde el pueblo fue invadido por los bosnios. Eran voluntarios. Disparaban al aire, gritaban. Siguieron luego con los asesinatos. Mi hermano no estaba. Tenía dos hijos, dos hijos magníficos. Un chico y una chica, de ocho y doce años respectivamente. Quise protegerlos, pero me dieron con la culata y perdí la consciencia. Quizás eso me salvó la vida. Creyeron, tal vez, que estaba muerto. Cuando volví en sí, los dos niños, de ocho y doce años, el hermano y la hermanita estaban degollados. Allí, en el jardín, bajo la corona del viejo peral donde en invierno degollamos el cerdo. Su sangre era tan pura, de un tan nítido color rojo. Como médico he visto cantidad de sangre, pero tan pura como la de ellos, jamás.

(La voz ni siquiera tiembla, sigue siendo tan plana, vacía, triste; es horrible mirar unos ojos como éstos, si te asomas a ellos podrías hundirte, parecen un pozo, pero ya yerto, en el cual nunca más volverá a brotar el agua.)

—¿Y después de la guerra?

—Después de la guerra he regresado a Banja Luka y hago lo mismo que había hecho toda mi vida: curar. Mi esposa me abandonó y vive con mi hijo en Italia. Yo sigo aquí, a veces paseo por las cercanías, sobre todo en otoño. Me paso noches enteras sin poder pegar ojo, hago casi todos los turnos de guardias nocturnas, escucho jazz a oscuras. A veces me quedo clavado en la taberna y al amanecer me llevan a casa. A veces quiero sonreír, reírme a carcajadas como antes. Sueño a veces con que todo eso termine; y hasta que suceda, seguiré aquí y curaré.

Los ruidos en la barra iban amortiguándose paulatinamente. Por fin, *Las tres botellas* se quedaba vacío. El reloj en el pequeño salón de piedra donde estábamos con Zoran marcaba las cuatro de la madrugada.

—Zoran —alzó la voz el barman—, cerramos.

Pero Zoran ya estaba ebrio. Se levantó, se tambaleó.

—Déjame una botella y las llaves. Yo voy a cerrar —dijo y se apoyó en la pared.

—Como quieras, tío —respondió.

El silencio era horrible. Estábamos yo y Zoran solos en el vacío y hueco interior del refugio de piedra. El único ruido que se percibía por la puerta entreabierta que daba a la barra era el respirar jadeante del sistema de ventilación. Zoran llenaba las copas, bebía y guardaba silencio. Yo también permanecía callado. ¿Había obtenido todo lo que me hizo venir? No. Había obtenido mucho más. Zoran tenía razón. No hay manera de comprenderlo si no lo has vivido. O si no lo *has compartido* en una noche de locura como ésta. Con solo leer y ver películas no se puede. Hay que rozar la muerte. Tienes que sentir sus dedos helados en tu piel. Tienes que ver todo a través de los ojos de esa gente. Ser un blanco en un campo de tiro durante mil trescientos noventa y cinco días y noches. Es una atrocidad. ¿Y cómo seguir viviendo después con esa carga? Pues vives. El hombre es como el asno, puede soportar todo lo que le cargues. Sabes bien que todo está podrido, sin sentido, sin esperanza y, sin embargo, vives esperando. Me sentía como un intruso en una boda a la que no había sido invitado. Éste era su dolor común y seguirá siendo suyo.

El rakía tampoco ayudaba. Hay dolores que nada puede aliviar.

Miré hacia Zoran. Me pareció que estaba amodorrado, pero él alzó la cabeza. Me miró con ojos turbios y de pronto continuó como si nunca hubiera parado de hablar:

—No te he hablado aún de Vucha. Vucha el Loco. El ser más extraño en los tiempos del asedio de Sarajevo. Estudiábamos en una escuela. Le faltaba un tornillo y se burlaban a menudo de él. De forma grosera, burda, y él solo sonreía. Pasaba de curso gracias a la benevolencia de los profesores, y era porque su madre suplicaba a los maestros. Era manso, pero a veces perdía los estribos. Peleaba en tales casos hasta sangrar. Lo habían trasladado a nuestra escuela por haber dejado molido en una pelea a otro chico del colegio. No teníamos claro cuándo, de qué y por qué perdía la razón. Tan solo sucedía. Veneraba a un chico de la escuela que a veces lo defendía. Se llamaba Davor. Andaba como una sombra tras él. Un cierto día los gamberros del barrio acorralaron a Vucha junto a la subestación eléctrica que estaba al lado de la escuela. Querían humillarle. Le quitaron la ropa y él, horrorizado, se meo. Davor pasaba por allí y, al ver lo que sucedía, dejó postrado a uno del grupo. No volvieron a meterse más con Vucha. Davor era así, bonachón y persona alegre, gustaba a todos. Nos perdimos después, nos arrastró la vida. También a Vucha lo había perdido de vista. Decían que trabajaba como enfermero en el depósito de cadáveres, puede ser, ¿en qué otro lugar podría encontrar trabajo? Allá, con los muertos le iba bien. Fue un día del bloqueo, cuando en los aires cruzaban obuses y balas y era todo un infierno. Yo estaba escondido bajo un camión y rogaba por salvarme otra vez de la pelona. Y noto que entre las balas va volando la alta y escueta figura de Vucha. Pero va corriendo indefenso bajo una lluvia de proyectiles y balazos. Me digo a mí mismo: está loco el pobre. Pero me doy cuenta de que está asistiendo a los heridos bajo la granizada de balas y obuses. Se levanta de cuando en cuando, mira a las colinas y con las manos en alto grita: «¡A Vucha el Loco las balas no lo alcanzan! ¡A Vucha el Loco las balas no lo alcanzan!», y seguía con su tarea. Y realmente no le alcanzaban. Pasado el tiroteo me acerco a él y le digo: «Oye, Vucha, estás loco, loco de verdad, pero te van a fusilar como una liebre, hombre. Quédate refugiado al menos durante los tiroteos. «Y él, con ojos centelleantes, me responde: «El loco eres tú. Yo, por primera vez en mi vida me siento útil. ¿Sabes lo que es esto? ¿Habrás creído alguna vez que Vucha el Loco sería útil para alguien?» Y lo traje inmediatamente a *Las tres botellas*. Encajó perfectamente en nuestro abigarrado grupo de chiflados. Casi nunca hablaba, sonreía y estaba contento por pasarlo con nosotros. Ayudaba y así vivió los tiempos del asedio. Iba volando por entre las balas, su pelo largo ondeaba como la crin de un caballo. Decían que había salvado a más de cien personas atrapadas bajo los escombros. ¡Cien vidas humanas, coño! ¿Quién de la escuela hubiera imaginado en aquel entonces que Vucha el Loco sería un héroe? Yo estaba seguro de que iban a fusilarlo. Nadie podría escapar con vida bajo la lluvia de balas. Pero él sobrevivió, carajo, él sobrevivió. Alguna fuerza misteriosa lo protegía. Tal vez era una recompensa por todo lo demás en su vida. En el invierno del noventa y cuatro se perdió no sé dónde. Habían matado a su madre. Estaba durmiendo cuando un proyectil acertó en la casa. Una muerte instantánea. Vucha se quedó solo y a partir de aquel momento dejó de sonreír. Permanecía sentado y miraba hacia un punto fijo. Pero no dejó de zigzaguear entre las balas y de salvar vidas; tan solo había dejado de gritar hacia las colinas: «¡A Vucha el Loco las balas no lo alcanzan!». Nos preocupó su desaparición. Pero en aquel tiempo no podías pensar mucho en los demás, pensabas en ti mismo. Lo vi de nuevo el veintinueve de febrero del noventaiséis, al final del bloqueo. Ya estaba anunciado oficialmente. Los que habíamos sobrevivido no sabíamos qué hacer, si alegrarnos o llorar. Los supervivientes éramos unos esqueletos errantes entre los escombros. Y en medio de las ruinas, bajo los rayos del sol poniente que bajaban de la colina *Grbavica*, veo la delgada figura de Vucha. Con una chica, cogidos del brazo. Creí que se me antojaba. Vucha con una chica... Él la abraza, ella tambaleando. Me pareció curioso. De pronto la reconozco. Se llamaba Vaia. Era bosnia. Había sido violada brutalmente a inicios del bloqueo. Luego se prostituía, era drogadicta. No podría sobrevivir de otra manera. ¡Y mira lo que es el destino! Vucha el Loco y Vaia. Nos cruzábamos después de la guerra, claro. Me enteré que Vucha se había casado con ella, lo que la hizo volver a la vida. Era la ciento una vida que Vucha había salvado. Un día estaba bebiendo mi cerveza, disfrutaba del sol primaveral y alguien se sienta en la mesa. Levanto la mirada y veo a Vucha. Empezamos a hablar y al final rompe a llorar. «Vaia —dice— está embarazada, y yo me estoy muriendo de miedo de que el niño sea un bobo de capirote como lo soy yo. «Vucha —le contesto—, no lo eres, simplemente eres distinto de los demás. ¿Recuerdas a cuánta gente has salvado?». Se apoya en mi hombro y llora igual que un niño. «Que no sea como yo —dice—, te lo pido, Padre mío, que no sea como yo...»

Zoran guarda silencio. Creo que no puedo resistir más. Tanto dolor inmenso. ¿Cómo lo llevaría a Bulgaria? ¿Dónde almacenarlo? ¿Y cómo seguir viviendo con él?

Voy rezando a Dios en este instante y Zoran me mira y concluye:

—El niño es normal y Vucha es el padre más orgulloso del mundo.

Bebemos y no decimos nada. Creo que no hacen falta palabras. El sistema de ventilación sigue respirando ruidosamente detrás de la puerta entreabierta.

20:03

Davor y Aida permanecían taciturnos en la oscuridad. La vela, colocada en una tapa rosca, iba extinguiéndose y chisporroteaba. Davor levantó la cabeza y miró a Aida. Parecía hermosa y vulnerable.

—Aida, mi amor, han pasado las ocho. Tienes que prepararte, falta menos de una hora.

Ella tembló. Recogió nerviosamente un mechón detrás de la oreja y su corazón de nuevo aceleró el ritmo. Se levantó, fue al arca y empezó a quitarse la ropa de casa. Después escogió de ella otra, algo más formal, y la tiró a la cama.

Davor la estaba mirando y pensaba en el riesgo y lo peligroso que era lo que iban a hacer. Al adentrarse en el puente, por encima de sus cabezas habría decenas de armas apuntando y estarían completamente indefensos. No tenía miedo por su propia vida, tenía miedo por ella. Cualquier cosa que ocurriese, la culpa sería de él.

Aida se puso la ropa más cómoda. Debería moverse con ligereza cuando se marcharan *hacia allí*.

Luego se sentó al borde de la cama y se puso las botas marrones que Davor le regaló la última Navidad celebrada en paz.

Se acordaba de la gran ilusión que guardaba de conseguirlas y la alegría que experimentó al verlas al lado de la cama al amanecer. Por la noche había nevado y en la habitación penetraba la sigilosa luz de la nieve navideña, que daba la sensación de tiempo parado. Calzó las botas con pies descalzos y despertó feliz a Davor.

Sacudió la cabeza y suspiró. Había pasado tanto tiempo. Davor se levantó, se puso a su lado y olió sus cabellos. Tenían olor a primavera. La besó y su mano empezó a deslizarse ente sus muslos. Eran dos chavales asustados que habían crecido precozmente. Se olvidó de los temores, del pánico, de la muerte y la guerra. Se olvidó inclusive de lo que les esperaba. Ahora deseaba solo su cuerpo.

No habían hecho el amor en mucho tiempo. La última vez —hacía más de diez meses— durante el acto Aida le empujó bruscamente, rodó al borde opuesto de la cama, se acurrucó y empezó a llorar. Davor se quedó confuso, sorprendido.

—Aida, querida, ¿qué está pasando? —preguntaba—. Aida, por favor, ¿te he hecho algún daño? Dime, por favor, ¿qué te hice?

—No puedo más, Davor —dijo sollozando—, no puedo.

—¿Qué es lo que no puedes, Aida? —Davor no comprendía.

—Se me aparecen los cuerpos desnudos de los asesinados... No puedo, simplemente no puedo.

Y después de este episodio comenzaron los preparativos de la escapada que lo absorbió todo.

Pero ahora Aida sintió cuán inmensamente la necesitaba. Se relajó sobre la cama, alzó los brazos hacia él y cerró los ojos. Davor empezó a desvestirla frenéticamente. Como si se hubiera desatado una locura en sus adentros: le desgarraba la ropa y se acordaba de los cadáveres en las polvorientas calles de Sarajevo, así como del cuerpo rajado de Maya Kovacic. Oía sus gemidos y resonaban los silbidos de las sirenas y los gritos de los heridos en sus oídos. Pensó desesperado si podría hacer el amor algún día sin ver los cuerpos desarticulados. Allá, en los cielos, Alguien los había creado perfectos y aquí, abajo, otro los descuartizaba trozo por trozo.

La penetraba furioso y fuerte. Quería penetrar hasta el fondo de su alma y Aida se le entregaba con cada fibra de su ser, como si quisiera hundirse y desaparecer en él. Recibía su pasión salvaje con cortos gemidos y quería librarle de lo que le tenía reprimido. Tal como había hecho siempre en los veinte años de convivencia.

Luego se quedó relajado sobre la almohada. Extendió el brazo y tomó la mano mojada de Aida, que permanecía con los ojos entornados.

—¿Es hora, no? —preguntó ella.

—Sí, mi amor, es hora —dijo Davor, y miró el reloj que estaba en la mesilla junto a la cama—. Debemos salir en menos de diez minutos.

—Está bien —dijo con un suspiro—. Me lavo tan solo y estoy lista.

Se levantó, cogió una toalla y salió de la habitación.

Al oír el correr del agua en el baño Davor también se incorporó de un salto de la cama. Sacó una botella de whisky detrás del arcón y bebió unos tragos. Esperó sentir el calor que fluía en su cuerpo, dejó la botella, se vistió rápido y fue al cuarto de sus padres. No podía marcharse sin despedirse de ellos.

—Davor —quedó sorprendido Dalibor—, ¿qué está pasando?

—Aida fue a ducharse y quise venir y tomar un trago contigo, papá. No hay nada de especial.

Dijo esto y sus ojos se llenaron de lágrimas. Menos mal que estaban a oscuras, pensó, y sus padres no podían notar su emoción.

—Pues vale —respondió Dalibor sin dejar de sentirse sorprendido—, has hecho bien en venir.

Se levantó de la cama y se acercó a la alacena donde guardaba el rakía. Sacó una botella de aguardiente de ciruelas y dos vasos diminutos. En el momento de cerrar la puertecita Lada dijo con tono firme:

—Trae un vasito para mí también.

—¿Para ti? —preguntó con asombro.

Lada no bebía. Muy raras veces, con ocasión de alguna fiesta, se llenaba una copa de vino, pero jamás había probado el aguardiente. Antaño su padre tuvo problemas con el alcohol.

—Lada, ¿tú vas a tomar rakía? —dijo él con una entonación como si hubiera escuchado su declaración de abandonarlo.

—Sí —respondió ella sin apartar la mirada del rostro de su hijo.

—¡Bien, pues! —exclamó Dalibor—. Esta noche, evidentemente, será la noche de las sorpresas. Aparece Davor en un momento inesperado, tú vas a beber rakía, ¿qué más habrá de suceder?

Tomó un tercer vaso y dejó todo en la mesa. Llenó hasta el borde las copas y poco antes de finalizar, Lada dijo con la misma voz firme:

—¡*Živeli!* —Y se tomó el aguardiente de un trago.

—¡*Živeli!* —respondió Davor, y también tomó su trago.

Luego les deseó buenas noches y salió rápido. Estando solo en su habitación se quedó pensativo. ¿Se habría percatado Lada de que iban a huir o él había quedado con esa impresión equívoca?

Porque *živeli* significa salud y vida a la vez.

Dalibor puso la radio y giró el botón. Se seguían transmisiones en español, italiano, árabe, ruso, búlgaro, francés. Allá, en algún lugar del mundo, la gente no combatía sino que vivía. Escuchó un rato el comentario de un partido de fútbol de Bulgaria y por fin encontró la radio de Belgrado. Daban noticias de la guerra en Bosnia, donde todos luchaban unos contra otros: serbios contra musulmanes y croatas, croatas contra serbios y musulmanes, musulmanes contra serbios y croatas y musulmanes contra musulmanes.

—¡Qué fascistas de mierda! —sonó como un gemido la voz de Dalibor.

Fue a la alacena y sacó el aguardiente que hacía rato había dejado ahí, bebió de la botella y repitió otra vez:

—¡Qué fascistas de mierda son!

—Dalibor, deja de beber —dijo Lada—. Y pon más baja la radio.

—¿Y qué? ¿Permanecer sentado y mirar la pared? Tú también bebiste anoche y nunca antes habías bebido. ¿Por qué lo hiciste, Lada?

—Me preocupan los hijos.

—¿Qué ocurre con los hijos?

—Algo no está bien. Los veo tensos. Algo está pasando, lo noto.

—Bien, ¿y qué es lo que está pasando? Se sienten atemorizados, igual que todos.

—No, hay algo más. Y Aida... ¿La has visto alguna vez perder los nervios y comportarse de tal manera?

—Para ella también todo es una excesiva carga emocional, es normal que pierda los nervios.

—No es cierto, Dalibor. La conozco desde que tenía cinco años. Tan solo algo de excepcional importancia podría sacarla de quicio. En estos veinte años jamás he escuchado de ella una palabra fea. Algo ocurre, Dalibor, pero no puedo entender qué es y eso me da miedo.

Dalibor se quedó pensativo. Los treinta años de vida conyugal con Lada le habían enseñado que ella raras veces se equivocaba al valorar a la gente o las situaciones. Sabía que había tenido buena suerte con ella. Y de golpe se acordó cómo le había gustado. Era una ocurrencia trivial que no tenía un valor trivial para él. Habían organizado festejos con motivo del veinticinco aniversario de la fundación de la República Federal Socialista de Yugoslavia. Se decía, incluso, que también Tito podría visitar Sarajevo. Repartieron los colectivos laborales en los restaurantes de la ciudad. Su fiesta iba a celebrarse en *Raketa* junto con los que trabajaban en la fábrica de textil. Lada estaba allí por mera casualidad. Era maestra de primaria y las maestras no estaban invitadas. Por eso, una amiga suya la llevó consigo. Dalibor —majo, esbelto y con un flequillo rubio— estaba sentado en el centro de una gran mesa. Ya había ingerido dos tragos y hacía comentarios en voz alta de las mujeres de la fábrica cuando su mirada se topó con Lada. Estuvo mirándola durante más de un minuto y comprendió que era la mujer que necesitaba. Desprendía fuerza y vulnerabilidad a la vez: dos rasgos que podrían enloquecer a cualquier hombre.

La seguía con la mirada toda la noche y al final, al ver que se iba, la invitó a bailar. Lada lo miró un poco irritada porque de veras tenía la intención de irse, pero aceptó. Bailaron vals, después pusieron música serbia y siguieron bailando. Le dijo a continuación que de veras se iba y él propuso acompañarla. Rechazó la propuesta, pero él insistía. Al final estuvo de acuerdo. Por sentirse molesto, Dalibor no paró de hablar tonterías durante todo el camino y cuando llegaron a la casa de Lada, que estaba en uno de los barrios de periferia, él intentó besarla. Ella lo rechazó suavemente, empujó la puertecita de madera y entró en el patio. Se volvió allí y dijo:

—Si quieres podemos ir alguna vez al cine.

Así fue el inicio de la sencilla, humana y tierna historia de amor entre Dalibor y Lada.

Siguieron a continuación citas, dulcerías, risas... Cine, acompañándola de regreso a casa, roces tiernos, muchas esperanzas. Charlas hasta la medianoche ante la puertecita de su hogar. Por fin, Davor hizo acopio de ánimo y le dijo: «¡Te quiero!» «Sucedió en una apacible noche primaveral de Sarajevo, cuando el último tranvía circulaba con su traqueteo por los carriles, llevando al cercano depósito el recuerdo del día. Ese «¡Te quiero!» lo había ensayado un sinfín de veces ante el espejo, en casa, pero no le alcanzaba el valor para decírselo. Y al pronunciarlo, Lada mostró simplemente una sonrisa.

Su vida transcurría con los altibajos comunes y corrientes, pero era una vida feliz. A menudo se sentían agradecidos por haberse encontrado y que Dios les hubiese protegido. Dalibor no era religioso, pero ambos creían en la existencia de una fuerza allá arriba que iba guiando los asuntos terrestres. Había algo que les agobiaba y que llevaban como una carga encima: el no tener un segundo hijo. Lo intentaron muchas veces, pero Lada tenía problemas con la concepción. A finales de los setenta, cuando Davor había cumplido once años, a pesar de todo lo lograron. Estaban muy contentos, pero en el sexto mes se malogró el embarazo al caerse de una escalera con los peldaños congelados, y eso fue el final. Después del aborto cambió. Se encerró en sí misma, raras veces sonreía. Aun así, seguía siendo una mujer fuerte y sabia.

La guerra rozó su vida también. La sonrisa desapareció del rostro de Lada y tenía siempre el corazón en un puño. Todo contenía la amenaza —las voces, los ruidos—, cada ruido o movimiento brusco la hacía temblar. Por las noches casi no dormía, escuchaba el rítmico respirar de Dalibor y solo en esos momentos encontraba el equilibrio. La misma respiración en todas las noches de más de treinta años de vida conyugal. El conocido aroma del agua de colonia, de rakía y tabaco la hacía sentirse a gusto.

Así vivían Dalibor y Lada, y seguro que por ello Davor creció tan positivo, sonriente y siempre dispuesto a tender una mano. La gente lo quería. Todos decían: «Nuestro Davor».

Cuando Aida salió del baño él ya estaba listo del todo.

—Es la hora, ¿no? —dijo ella.

—Sí —asintió Davor.

—¿Y la carta para mi familia? Zlatko la ha de entregar, ¿no?

Estaba muy angustiada por no haber podido despedirse de los familiares… Pero ahora vivían en casa de su abuela en la parte bosnia de Sarajevo y era muy arriesgado cualquier intento de ir allá. Por eso decidieron que Aida les escribiera una carta y que Zlatko la echara bajo la puerta.

—Mañana por la mañana, tal como habíamos acordado —respondió él.

En el cuarto flotaba el sofocado hálito de la separación. Las casas son como las personas, tienen memoria, sentimientos, emociones. Se acostumbran a ti, se convierten en parte de ti, llevan tu aroma. Cuando has habitado una casa largo tiempo, incluso las paredes recuerdan tus sonrisas, tus dolores, los instantes felices, los suspiros, las esperanzas. Las casas son *de verdad*, como la gente: se extinguen en una soledad silenciosa si no hay quien las aviva con su presencia.

Davor se inclinó, sopló la vela y la oscuridad lo devoró todo.

—Venga —dijo, y la cogió de la mano.

Salieron en silencio y cerraron sigilosamente la puerta. El pasillo estaba oscuro y solo bajo el deformado umbral de la habitación de Dalibor y Lada se filtraba una hendija de luz amarillenta. Aida tropezó con la mesita del teléfono, algo cayó y los dos quedaron inmóviles, pero no sucedió nada más. Davor sacó la llave del bolsillo de los tejanos, la introdujo atento en la cerradura y aún más cautelosamente le dio una vuelta. Abrir la cerradura era fácil, lo difícil era con la puerta porque siempre rechinaba. Él y su padre prometían a menudo arreglarla y se les olvidaba. Davor se arrepentía ahora por su negligencia. La entreabrió de la manera más silenciosa posible, pese a lo cual, crujió estridentemente.

En las escaleras reinaba la misma oscuridad. El aire fresco de la primavera soplaba por los huecos de los cristales rotos. Se cogieron de las manos y siguieron bajando cautelosos. Todo estaba sumido en silencio, como si todos hubieran desaparecido y Davor y Aida fuesen los últimos seres humanos vivos. En el rellano entre el primer y el segundo piso Davor se detuvo y miró la ventana. Un día había roto el cristal con una pelota de fútbol y pasó una semana entera después muerto de miedo a que sus padres iban a enterarse. Recordó cómo se escondía debajo de la cama, cómo pasaba en vela las noches hasta que al fin se decidió y mientras sus padres estaban cenando se puso ante ellos y dijo: «Yo rompí el cristal de la ventana de las escaleras». Recordaba la sonrisa de su padre y su respuesta: «Davor, me alegro de la valentía tuya de reconocer lo que has hecho. Así se comportan los hombres de verdad. El sábado iremos juntos al taller del tío Šuker, el cristalero, y habrá un nuevo cristal. Sería mucho mejor que el viejo...»

Apretó la mano de Aida, tomó aire profundamente y fue guiándola hacia la puerta de salida. Resonaban solo sus pasos en medio del silencio.

Al salir se detuvieron por un instante. A sus espaldas quedaba su mundo entero, conocido y entrañable. Delante, la incertidumbre ante lo desconocido e inabarcable.

Davor iba conduciéndola hacia el bloque en que ella había crecido, situado al lado del parque infantil. Había verificado el trayecto al puente decenas de veces en los últimos días. Tenían que pasar por los sitios más protegidos para no encontrarse con nadie. Por eso no eligió el camino más corto sino el más seguro. Y este camino pasaba al lado del bloque.

ENTREVISTA

Patio universitario iluminado por el sol matinal. Aleros goteantes de la lluvia nocturna. Charcos resplandecientes. Asfalto empapado por la humedad de color gris oscuro. Bancos mojados resplandecientes. Varios coches aparcados. Una barrera crujiente al levantarse. Porteros soñolientos, estudiantes madrugadores que fuman en silencio. Aire fresco, cristalino.

—*¿Nombre?*

—Mizra Nikolic.

—*¿Dónde estabas durante el bloqueo?*

—Pues aquí, en Sarajevo. Todos los mil trescientos noventa y cinco días.

—*¿Cuántos años tenías entonces?*

—Cuando empezó tenía cinco. Cuando terminó, setenta y cinco.

—*No entiendo...*

—He crecido y he envejecido en unos cuantos años.

—*¿Entendías lo que estaba sucediendo?*

—Al principio no. Parecía un juego.

—*¿Un juego?*

—Sí. Mis padres no decían nada, las ventanas estaban tapadas, se oían ruidos extraños, disparos, como en las películas. Dejamos de ir a la guardería, no salíamos a la calle y nos reunían para jugar en casa.

—*¿Y no se preguntaban por qué era todo ello?*

—No. Lo considerábamos un juego. Así lo explicó mi papá: «Unos cuantos meses vamos a jugar al escondite,» y yo repliqué: «Pero, ¿cómo será eso, y ustedes también?» y él contestó: «Todos, Mizra. Es un juego especial, el que más tiempo resista, gana».

—*Y ustedes, los niños, ¿de qué hablaban?*

—Apostábamos quién resistiría más.

—*¿Y qué explicaciones les daban de los disparos, de la destrucción? De todas formas salían fuera, imposible haber estado encerrados todo ese tiempo...*

—Papá decía que era parte del juego y que muy pronto pasaría un mago que iba a despertar a toda la gente que dormía en las calles, y que los edificios se volverían mucho más bonitos.

—*¿Le creías?*

—Sí, con los niños es fácil: un helado, un cuento de hadas y la gran mano caliente de papá.

—*¿Cuándo lo entendiste?*

—Cuando empezó a desaparecer gente. Primero desapareció mi abuelo, fue en mayo, y más tarde Sasha y Masha. Dos gemelas que vivían en el piso de enfrente.

—*¿Y qué explicación te dieron?*

—Papá me dijo que a los mejores jugadores les dejaban pasar al lado opuesto de la línea fronteriza, donde todo había sido mucho mejor. Y es que mi abuelo era muy buena persona, siempre con la sonrisa en los labios; Sasha y Masha jamás hacían travesuras y siempre las ponían como ejemplo en la guardería. Aquella noche la pase entera llorando porque pensaba que era mala si no me dejaban cruzar la línea fronteriza. Calmándome, papá dijo que al final dejaban pasar a todo el mundo.

—*Pero, ¿cuándo comprendiste qué fue lo que estaba sucediendo en realidad?*

—Con el paso de los días aumentaba el número de los desaparecidos. Mi abuela desapareció en otoño, poco después cortaron la corriente, después vino el invierno, y no había calefacción; quemábamos unas ramas y pedazos de bancos en una vieja y oxidada estufa de leña que papá había traído y que soltaba humo por todos lados. Y después...

(La apaciguada voz juvenil se entrecorta, como si hubiera alguna interferencia en la línea de la transmisión en vivo).

—*¿Después?*

—Vino la desaparición de mi hermano. Fue durante el invierno. Mamá no paró de llorar una semana entera, a papá le salieron canas y tenía apenas treinta y tres años. En aquellos días un chico dijo que era una guerra y no un juego. Le repliqué que la guerra también es un juego, y me respondió que la guerra era verdadera y que los desaparecidos en realidad, habían sido asesinados y jamás volverían. Él también desapareció poco después.

—*¿Y tú te enteraste?*

—Sí, cayó un proyectil y arruinó la mitad de nuestro bloque. Esconderse en el sótano era algo que hacíamos con una regularidad cada vez más frecuente. La comida, cada vez menos y peor. Se acabó la carne primero, más tarde la leche y el queso y del chocolate... ni hablar. A mí me encantaba el chocolate. La siguiente primavera comíamos solo patatas y sopa de ortiga o de otras hierbas. Pronto, la sopa también escaseaba.

—*¿Cómo te sentías en aquellos días?*

—No lo sé. Incluso papá había dejado de dar explicaciones. Yo le hacía preguntas y él solo decía: «Simplemente tenemos que resistir, Mizra, un poquito más de resistencia necesitamos y todo acabará, Mizra...» Y después desapareció mamá, en un magnífico día de verano. Calentaba el sol de una manera tan agradable...

—*¿Tú cómo lo entendiste? ¿La viste?*

—No; papá volvió con las mejillas muy hundidas y llevaba unas ojeras negras. Me tomó en su regazo y dijo: «Mamá ya no volverá nunca más». Di un grito: «¡No! «y empecé a darle puñetazos y él, en vez de calmarme, se puso a gritar: «Nunca, Mirza, ¿me has oído? Nunca más va a volver. La fusilaron en la plaza, la enterramos y los gusanos ya están carcomiéndola. Es hora de madurar, Mizra. Estamos en guerra. Ninguno de nosotros sobrevivirá». Agarró una botella de aguardiente, se la tomó toda, trago a trago, sin despegarla de la boca. Se desplomó junto al radiador y, acurrucado, estalló en sollozos. Yo correteaba a su alrededor, le daba golpes con mis manitas y gritaba que era un maldito mentiroso y que mamá iba a volver.

—*Y luego ¿qué pasó, Mizra?*

—Papá me llevaba con él por las calles. Para buscar agua o para vender algo si fuera posible, para pedir comida, recolectar leña y hojas secas en invierno que encendíamos en el suelo mismo del salón en casa. Papá había hecho una hoguera, rodeada de piedras, sobre el parquete.

—*¿Era esto lo peor?*

—No, lo peor era no poder bañarse. Apestábamos. Antes de la guerra odiaba bañarme y en aquel momento tenía verdaderas ansias de hacerlo.

—*A pesar de todo, sobrevivieron.*

—No, papá se puso enfermo. Tosía mal, escupía sangre, se desmayaba. Se quedó dormido un día y no se despertó más. Intenté levantarlo, lloraba y le rogaba. Era inútil. Subí al piso de tía Yanitza, el de arriba. Bajamos, ella lo miró, me miró con tristeza y me abrazó. Arrastramos el cadáver y lo enterramos —si se puede decir así— en el patio. Eso era el fin.

(Su voz apagada suena como el eco en un paso subterráneo de piedra, los ojos están hundidos en lágrimas. Saca un pañuelo de papel, los seca nerviosamente, después aprieta el papel entre sus dedos convirtiéndolo en tiritas mojadas.)

—¿Y qué pasó contigo?

—La tía Yanitza me llevó a su casa, en el piso de arriba. Había reunido a seis niños del bloque y cuidaba de nosotros en lo posible, hasta llegar un día del último invierno del bloqueo en el que ella también desapareció. Tras ello, nos cuidábamos solos, es decir, los mayores cuidaban de los menores. Yo tenía casi nueve años y formaba parte del grupo de los mayores. Ibamos vagando por las calles, bajo los proyectiles, buscando comida, agua, leña. Comíamos hierbas. La mayor de las niñas vino un día y dijo con voz lúgubre: «Pues esto fue todo, ya se acabó, se acabó la guerra».

—¿Te quedaste en Sarajevo?

— Sí, de Banja Luka vinieron mis abuelos. Ellos me criaron.

—Y ahora, Mizra, ¿cómo vives?

—Pues viviendo. Trato de vivir sin recordar y sin pensar. Estoy estudiando, salgo con los amigos. Me enamoro, voy soñando. Así.

—¿Con qué sueñas, Mizra?

—Sueño con graduarme, con ser amada por un hombre que me hiciera olvidar y me sacara de esta maldita ciudad; sueño con tener mi familia. Eso es. No hay otra cosa.

20:23

Ya no se podía dar marcha atrás. Davor caminaba delante de Aida y sentía su mano sudorosa en la suya. Soplaba un vientecillo fresco y se oían disparos sueltos. Llegaron al parque infantil donde, petrificados como fantasmas, resultaba insólito ver recortados en medio de la oscuridad la trepa, el tobogán, los columpios. Los dos habían crecido en ese sitio y aquí todo guardaba parte de ellos. Aida se paró ante el arenero, que ahora estaba repleto de residuos de hormigón, invadidos por una maleza abundante. Jugaba siempre en ese arenero porque desde allí se veía el balcón de su piso y Samira también podía vigilarla desde lo alto. Para Davor el parque infantil despertaba tan solo dolor. Aquí, debajo del tobogán, en sus brazos dio su último suspiro Víctor, y solo a unos metros más allá fusilaron a la niña pequeña con la mano blanca tendida hacia él.

Dieron un pequeño rodeo al parque encaminándose rápido hacia el bloque de Aida. La noche del diecinueve de mayo de mil novecientos noventa y tres era una noche de luna llena y la ciudad estaba iluminada igual que un decorado de teatro. Ello no les favorecía. Iban a ser un blanco fácil para los francotiradores. Llegaron al bloque, se detuvieron y miraron a su alrededor. Iban a detenerse en cada sitio bien protegido. Avanzaron deslizándose contra la pared. Davor echó un vistazo detrás de la esquina. Parecía despejado. Tiró a Aida de la mano y ambos corrieron hacia el portal. Ante sus miradas permanecía desierto el sitio en que su padre aparcaba el *Zastava* para tenerlo debajo del balcón. De noche salía para fumar unos cuantos cigarrillos y lo acariciaba con cariño. A Davor este portal le traía emociones más bien negativas. Igual que si hubiera cerrado en un maletín con cerradura codificada todos los buenos recuerdos de los tiempos de preguerra y había olvidado la contraseña. Justo al lado de ese portal vio al primer fusilado, al inicio del bloqueo. Iba al encuentro de Aida cuando sonaron los disparos. Se puso en cuclillas detrás de un banco, se tapó los oídos, empezó a gritar y a unos metros de él se desplomó un desconocido. Estuvo mirando unos minutos, impotente, las convulsiones del cuerpo hasta que los labios se le volvieron de color azul. El primer fusilado ante tus ojos se queda en la memoria hasta la muerte. Pero no tenían más tiempo para recuerdos.

Posó su mirada en Aida. Debajo de la blusa sus senos se elevaban a un ritmo acelerado. Era normal, se despedía del sitio donde había crecido. Apretó más fuerte su mano y con un gesto de la cabeza le señaló la tienda de comestibles de antaño, la que estaba a unos setecientos u ochocientos metros de su casa. Era su próxima parada. Davor había trazado la ruta completa y varias noches seguidas la entrenaban para que también ella pudiera memorizarla y evitar la necesidad de hablar mucho por el camino. Aida hizo solo un gesto afirmativo. Corrieron agachados, llegaron bajo el cobertizo de hojalata de la tienda y no les pasó nada. El viento arremolinaba papeles en sus pies. En la otra época la frecuentaban y hacían compras. En el lugar que ocupaba la tienda, antes funcionaba un Centro de Maternidad.

Aida aún recordaba el día en que, haciendo algo en el balcón con su padre, del Centro salió una mujer y le gritó: «Safet, Safet, tienes heredero, ha nacido tu hijo». Hoy, solo unas cajas con botellas rotas y polvorientas evocaban el ritmo alegre y agitado que tenía la vida. Davor recordó que el invierno anterior, en los días más hambrientos y antes de empezar con Zlatko en el mercado negro, venía aquí para cazar ratones.

Le tocó de nuevo la mano y le indicó el quiosco de hojalata al lado opuesto de la calle que quedaba frente al demolido edificio de su escuela. Aquí, además, terminaba su barrio. Agachados otra vez, pudieron llegar al quiosco y quedaron escondidos y jadeantes bajo su tablero de metal, sobre el cual antes colocaban ordenada la prensa matinal.

Davor, siendo alumno, no tenía paciencia a que empezara el recreo y mientras el resto de los alumnos se agolpaba en la cafetería, él salía corriendo para comprarse el último número de *Noticias deportivas*, lo cogía impaciente, se sentaba en un cercano bloque de hormigón y abría en la página de fútbol. El bloque seguía en su lugar, pero estaba ennegrecido por los proyectiles y las balas.

Davor le hizo un seña, se pusieron de pie y tomaron el camino al centro. Deberían de atravesar una plazoleta con un pequeño jardín redondo en el centro que antes reunía a las madres de los bloques vecinos junto con sus hijos. Hoy era una mancha negra sumergida en la maleza. Por la calle *Logavina* asomó un camión con las luces apagadas y eso asustó a Davor. Cualquier camión podría significar solo una cosa: peligro. Se miraron con preocupación. Tenían dos posibilidades: volver o correr adelante. Pero esta noche, sin embargo, vuelta atrás no habría. Davor inspeccionó la plaza con la mirada, los bloques de viviendas de enfrente, la antigua floristería a la izquierda. El camión estaba a unos cien metros de ellos y trepaba ruidosamente calle arriba. Le apretó la mano y dijo:

—¡Vamos! A huir corriendo.

Y se precipitaron hacia adelante. Saltaron el abandonado jardín y doblaron rápido la esquina con la floristería. El camión iba acercándose, aumentaba el rugido del motor. Se lanzaron hacia el bloque más cercano que distaba a unos treinta metros. El ruido cesó de golpe, alguien empezó a gritar que se pararan. De hecho, Davor estaba arrastrando a Aida. Les quedaban unos veinte metros hasta el bloque cuando sonaron unos disparos. Siguieron gritos fuertes y otra vez disparos. Se quedaron clavados y volvieron la mirada atrás: desde el camión estaban disparando contra *otras* dos sombras fugitivas. Nadie les miraba a ellos. Corrieron rápido hacia el bloque, el portal más cercano estaba abierto y se colaron allí.

—¿Estás bien, Aida? —preguntó con la respiración entrecortada Davor.

—Sí, sí —murmuró ella.

—Tenemos que seguir.

—¿Y qué hora es?

—Las ocho y treinta y cinco. Dentro de veinticinco minutos debemos estar en el puente.

Salieron otra vez. Estaban en la calle *20 de agosto*. De aquí empezaba el descenso a Baščaršija. Era una calle empinada en que los chavales descendían locamente con las bicicletas en verano y con los trineos en invierno. Ahora tenía un aspecto demoníaco bajo la luz de la luna por lo cual iban a ser un blanco propicio para los francotiradores. Hasta el momento tenían suerte, excepto lo del camión. Obviamente, Dios caminaba con ellos.

Al final de *20 de agosto* había una fuente de agua. Hace tiempo, se citaban allí y se dirigían a las cafeterías de *Baščaršija*.

Muchas veces Aida se sentaba junto a la fuente y leía horas y horas bajo el ritmo monótono del agua. Ahora la fuente también estaba muerta, igual que todo lo que quedaba en Sarajevo, y el niño de piedra del centro yacía segado por los proyectiles. Eran ya las veinte y cuarenta, quedaban tan solo veinte minutos. No obstante, Aida se sentó por un rato al lado de la fuente y acarició la piedra.

La fuente le evocaba a Davor otros recuerdos. En los primeros días del asedio, cuando aún creían que esta locura iba a terminar muy pronto, precisamente en este sitio hubo una protesta de estudiantes y gente joven de todas las etnias y religiones que fue un último intento juvenil de alzarse contra la insensatez de los cañones. Se habían reunido en el patio de la Universidad y de allí se dirigieron a la plaza central, escoltados por soldados en equipamiento profesional. El hecho de ser tan multitudinarios y unidos les inspiraba vigor. Davor recordó cuán ingenuo era al creer que lograrían cambiar todo y evitar la guerra. Llegaron a la plaza central, desplegaron pancartas contra la guerra, daban silbidos fuertes con la boca y los organizadores de la protesta hablaban con megáfonos. Luego vino el horror. Provocadores infiltrados entre los estudiantes comenzaron a lanzar piedras contra la guardia. Dieron en la cabeza a un oficial, él cayó y al instante brotó sangre. Los militares empezaron a dar gritos. Algunos jóvenes no aguantaron los nervios y se lanzaron a puñetazos contra los provocadores y contra los militares. Fue esto lo que desató la violencia. Los soldados abrieron fuego indiscriminadamente contra los inermes manifestantes. Con los primeros disparos varias personas cayeron al suelo. En la multitud cundió el pánico. Todos gritaban y querían escapar. Davor vio caer de hinojos a una de sus mejores amigas del curso, cubrirse la cara y romper en llanto encima del cuerpo yacente de otra joven guapa por cuyo rostro bonito corría la sangre. La mirada exánime estaba clavada en el azul claro del cielo de Sarajevo, tal vez lo último que había visto. El tiroteo continuaba. Davor hizo un esfuerzo para levantar y sacar de allí a su colega, pero ella no se separaba del cuerpo de la asesinada. Tuvo que escapar corriendo. Corría zigzagueando con la esperanza de que así iba a esquivar las balas, al menos así le instruyeron en la mili. Tropezaba con otra gente, caía, se ponía de pie y seguía corriendo. Oía las balas, los gritos, sentía el horror. Ya abandonaba la plaza Gueroičen vacilando qué rumbo tomar para seguir cuando le alcanzó Vlad, uno de sus mejores amigos. Juntos estudiaban en la secundaria, juntos otra vez siguieron la carrera de Biología en la Universidad. Vlad tan solo le apretó el hombro y le señaló la fuente. Davor lo entendió correctamente. Aquí comenzaba la abrupta calle *20 de agosto,* y si subían por ella iban a escapar de las balas. Se lanzaron precipitadamente hacia la fuente.

Estaban a solo unos metros del empinamiento. «Éxito» se dijo a sí mismo cuando pareció que Vlad había tropezado con algo. Se apoyó en la barandilla de piedra, se volcó y cayó en el agua. Al volverse, Davor vio al soldado que lo había fusilado; un adolescente al que empezaba a salirle la barba. Notó el horror en su mirada y la mano temblorosa que aferraba el *kalashnikov.* Estaba tan solo a unos diez metros y su acto siguiente era fusilarle a él. Nada podía hacer. Estuvieron casi un minuto con las miradas cruzadas. Entretanto, alguien llamó al soldado. Davor recordaba perfectamente su última mirada a sus ojos y su grito: «¡Voy! Aquí ya no hay nadie». Lanzó otra mirada a Vlad y corrió rápido hacia la calle vecina. Davor ni siquiera se dio cuenta de si se había asustado mientras estuvo ante la boca del *kalashnikov*. Su amigo estaba muerto. El cuerpo flotaba boca abajo en el agua de la fuente y solo su mano seguía agarrada al borde de piedra. Recordaba que lo único que le vino a la mente en aquel instante era: «¡Dios mío, esta mano nunca más volvera a tocar!». Se inclinó, besó la mano y siguió calle arriba.

De la fuente tenían que llegar a la Universidad. A la izquierda quedaba Baščaršija. Estaban en la parte menos protegida de todo su trayecto. Se miraron de nuevo y sin decir nada siguieron bajando hacia el centro.

Los proyectiles tronaron de golpe en el momento en que cruzaban Radoviša. Se echaron de bruces sobre las baldosas. El tiroteo duró más de cinco minutos. Aida se había tapado los oídos con las palmas de sus manos y Davor pudo protegerla cubriéndola con su cuerpo. Al levantar la cabeza vio que el refugio más cercano —un mercado cubierto— distaba unos veinte metros. Se oyó otra explosión ensordecedora y el cercano edificio ardió en llamas. Se propagaron gritos, se sintió el calor.

A la primera pausa del tiroteo, Davor se incorporó de un salto y fue arrastrando a Aida hacia el mercado y pudieron ver desde allí la fuga del edificio alcanzado de hombres en llamas.

—¿Qué hacemos? —preguntó con preocupación Aida.

—Seguimos —dijo él.

—¿Y el tiroteo?

—No importa, en el puente todo estará tranquilo.

—¿Estás seguro?

—Sí.

—¿Lo prometes?

—Sí.

—¿Cuánto tiempo tenemos?

—No tenemos, vámonos.

Evidentemente, en la mira de los francotiradores esa noche estaba el centro de la ciudad. Davor y Aida corrían trechos cortos, agachados junto a los lúgubres esqueletos quemados de los edificios de cuatro pisos en la calle *Radoviša*. Tenían que llegar a la pequeña, parecida más bien a una galería, calle *Vielica* y de allí a la Universidad. Pasaron al lado de *Saher*, su confitería favorita. Antes ahí preparaban el mejor capuchino de la ciudad. Hoy estaba con las ventanas rotas y en el interior rodaban confundidas sillas y mesas mutiladas. Ni siquiera miraron para allá. De nuevo sonaba el estrépito de los disparos. Las balas silbaban a su alrededor y se clavaban en paredes y ventanas. Ambos se pegaron al zócalo de un edificio administrativo. El tiroteo no cesaba. Davor miró preocupado el reloj y tiró a Aida de la mano.

—Davor, están disparando —exclamó ella.

—No hay tiempo —respondió jadeante, y siguió arrastrándola hacia adelante.

Trataban de caminar muy junto a las paredes de los edificios. Esto no les ayudaba porque la inclemente luna esparcía su luz de neón sobre la ciudad, convirtiéndolos en blancos. Llegaron a la estrecha callejuela, doblaron y apenas allí pararon. Los dos estaban jadeantes, sentían el correr del sudor en sus frentes y sus espaldas. Aida dobló las rodillas de nuevo con las manos en jarras. *Vielica* era más bien un paso entre las paredes laterales de dos altos edificios colindantes. Algunos habitantes de Sarajevo no sospechaban aún que en la ciudad existía un sitio como éste y parecía que también los arquitectos se habían olvidado de su existencia. Pero daba recto a la parte trasera de la Universidad, por lo cual, los estudiantes la frecuentaban, se escondían allí para besarse en las quietas noches primaverales y de verano. Davor y Aida también lo habían hecho.

—Vamos —dijo Davor con voz insistente.

Aida lo miró con ojos suplicantes. Estaba cansada y atemorizada, pero él solo le tendió la mano sin decir nada y, tomándola, se puso de pie. Atravesaron aprisa la corta *Vielica*, saltaron la baja valla metálica de la Universidad y fijaron las miradas en la bonita fachada que tenían enfrente, bañada por la resplandeciente luna. Atravesaron el diminuto patio y se escondieron detrás de la esquina. Quedaba muy poca distancia de allí hasta el puente. La entrada oficial de la Universidad estaba en una calle paralela al río. Formaba parte de los sitios más vigilados por los francotiradores porque la gente utilizaba el puente y el río como vías de escape. El mayor número de víctimas se habían dado en ese sector; en las riberas opuestas acechaban destacamentos paramilitares serbios y bosnios. Karo les había prometido que entre las nueve y nueve y cuarto de la noche los francotiradores harían una pausa, pero primero debían llegar al puente. Del área de la Universidad venían unos ruidos vagos pero no se veía luz alguna. Sin embargo, esos ruidos inquietaron a Davor.

—Aida —murmuró él—, iré para ver si todo está OK.

—Voy contigo —dijo rápidamente Aida.

—No —la detuvo—, aquí ya es demasiado peligroso. Además, tengo más experiencia con las calles de Sarajevo.

—Pero has dicho que no nos separaríamos ni por un solo segundo.

—No nos separamos, Aida. Podrás verme en cada momento. Quédate tranquila. Voy a averiguar si todo está limpio y regreso por ti.

—Pero...

—¡Sin objeciones! No tenemos tiempo para discutir.

Rozó su mano y fue cautelosamente siguiendo el lado corto del edificio. Las últimas clases fueron en mayo del año anterior; un mes después del inicio del bloqueo anunciaron que cerraban la Universidad hasta nueva orden. No hubo nueva orden. La Universidad fue bombardeada y hoy, en ciertas zonas, quedaba la fea imagen de erguidos restos de paredes quemadas, vigas metálicas y ventanas con cristales rotos.

En el interior, realmente se escuchaban ruidos. No podía calibrar si procedían del sótano o del primer piso, pero se oían claramente, lo cual le preocupaba. Alcanzó el fin de la pared y miró desde la esquina. La luna iluminaba perfectamente la entrada oficial y el espacio a su alrededor. No había nadie, pero estaba aparcado un jeep. Se sintió aún más turbado. En las muchas ocasiones que había pasado por el trayecto en los últimos meses, jamás había visto vehículo alguno en el patio universitario. Miró el reloj, eran ya las ocho y cuarenta y nueve. Quedaban once minutos y no podía permanecer indeciso por más tiempo. O bien tenía que ir corriendo al jeep para inspeccionarlo o bien asumir el riesgo de volver con Aida y seguir juntos. Estaba convencido de que tenía que inspeccionar el vehículo, pero tampoco quería dejar a Aida sola. Ella perdería los nervios de no seguir viéndolo. Dio la vuelta y otra vez estaban juntos. Ya oía claramente el susurrar del Miljacka, pero los ruidos que venían del oscuro edificio de la Universidad iban intensificándose. Se abrían y cerraban puertas, resonaban pasos, pero todo a oscuras.

—¿Qué pasa, está todo bien? —le preguntó Aida, y su voz temblaba.

—Hay un *jeep* allá enfrente —contestó en voz muy baja.

—¿Un *jeep*?

—Sí —respondió—. Antes no estaba.

—¿Y qué vamos a hacer?

—Vamos. Es arriesgado, pero no queda tiempo.

—¿Y esos ruidos allá dentro?

—No sé quién podría ser. ¡Ojalá tengamos suerte, vamos!

La cogió de la mano y cautelosamente la guió adelante. Ya se oían voces, estaban muy cercanos. Alguien maldijo groseramente. Aida tembló y Davor apretó el paso. El *jeep* permanecía inmóvil pero las voces del edificio iban acercándose. Davor echó una última mirada hacia atrás y dijo en voz baja:

—Ahora con pasos apurados llegamos a la valla, saltamos justo en la esquina —¿te acuerdas?—, hay un bordillo que podemos utilizar. De allí doblamos enseguida a la izquierda y nos escondemos bajo el amplio cobertizo de la imprenta.

Aida se limitó a asentir con la cabeza.

Hablar más no hacía falta. Davor hizo una señal con los dedos —a la una, a las dos, a las tres— y a *la tercera* tiró de ella bruscamente. Salieron a todo correr. La valla distaba unos veinte metros. Estaban a mitad de camino cuando oyeron a sus espaldas el estampido de una ventana rota y un coro de voces masculinas. Aida quedó paralizada pero Davor tiró de ella otra vez. Los hombres estaban riñendo y, en efecto, nadie les había gritado a ellos. Davor empujó a Aida para que saltara en primer lugar y ella obedeció sin objetar porque tampoco había tiempo para discutir. Saltó la valla y, al pisar el suelo, dio un fuerte gemido. Se había dislocado el pie. A sus espaldas se rompió otra ventana, resonó un disparo solitario, pero no eran ellos el blanco en esa ocasión. Davor también saltó la valla, apretó fuerte la mano de Aida y fueron corriendo hacia la imprenta.

Se pararon debajo del cobertizo y se sintieron protegidos, pero su aliento golpeaba los dientes.

—¿Qué era eso? —preguntó inquieta Aida.

—No lo sé —encogió los hombros Davor—. No tengo idea de quién podría estar en la Universidad a estas horas, pero tampoco me interesa. Lo importante es que hemos pasado.

Ya veían el puente.

Les quedaban solo veinticinco metros más.

20:53

Pasaron por detrás de la imprenta. El ruido del caudaloso —como siempre en primavera— Miljacka iba intensificándose. A sus espaldas, a lo lejos, sonaron otra vez disparos; esa noche, era cierto, la atención de los francotiradores estaba centrada tan solo en el centro de la ciudad. Mejor para ellos, ya que aquí todo estaba tranquilo y desierto. Unas nubes de color gris, casi negro, asomaron en el cielo, cubrieron la luna y la oscuridad se expandió como una mortaja sobre la ciudad. Arreciaba el viento.

Doblaron la esquina con el último edificio antes de llegar a la meta. Era un edificio administrativo, un tribunal o algo similar. Cuanto más cerca quedaba el puente, mayor era el creciente temor en Aida. Hasta aquí la huida apenas se diferenciaba en algo de su vida cotidiana en Sarajevo en esos dos años de asedio: los tiroteos, la gente que perecía, los edificios en llamas. Y la felicidad por haber sobrevivido. Pero ahora tenían delante el puente que tenían que atravesar en menos de diez minutos. El puente entre la vida y la muerte.

—Aida —dijo Davor—, ahora descendemos por las escaleras

y nos escondemos detrás de la última columna, la que está al lado del león. —Y la indicó con la mano.

—Vale —respondió ella.

Bajaron corriendo la escalera, llegaron hasta el final y se agacharon detrás de la última columna. Este iba a ser su último escondite antes de dirigirse al puente. Se sentaron en los peldaños de piedra, recostando las espaldas en la columna para descansar un minuto.

Su local predilecto se encontraba justo enfrente, en la orilla opuesta del río, donde les esperaba la libertad. Tenía un particular encanto en primavera y en verano, cuando ponían las mesas en filas junto al río. Les encantaba estar allí. Davor se tomaba unas cervezas y Aida leía. Nada había quedado del local, ya que estaba en la línea de fuego.

Davor se puso de pie.

—Aida —dijo susurrando—, ¡ahora!

—Sí......

—Caminamos muy lento hacia aquella mata. Ahí esperamos uno o dos minutos para que den las nueve y vamos por el puente.

—Está bien —dijo con un gesto afirmativo.

Davor empezó a bajar las escaleras, pero de golpe se detuvo. Se volvió y dijo:

—¡Te quiero!

—¡Te quiero! —respondió ella, y sonrió.

Bajaron a la calle y siguieron despacio hacia el puente, tal como les había dicho Karo. Sudaban, pero caminaban a paso firme. Apareció un pequeño perro blanco, cruzó la calle y desapareció entre las hierbas de la orilla. Eran las ocho y cincuenta y siete.

Llegaron al arbusto que Davor le había indicado. Faltaban

dos minutos más. Iban a ser puntuales. Reinaba un silencio absoluto —Karo había cumplido su promesa—. Enfrente, en el lado opuesto del puente, se veía la silueta del edificio donde ya debían de estar esperándoles Tuće y Mile. Davor miraba tenso el segundero de su reloj.

Hay momentos en que el tiempo pasa volando, hay otros también en que parece haberse detenido.

ENTREVISTA

El Zastava ralla el bordillo y se detiene. Por enésima vez me doy cuenta de qué mal chofer es Zoran. «Estamos», anuncia con voz de trueno. Nos hallamos frente a un edificio viejo, construido antes de la Segunda Guerra Mundial, de los muchos que colman el centro de Sarajevo, como en la mayor parte de los centros de ciudades europeas. Ésta iba a ser la entrevista que Zoran había pactado hacer en vivo. Me sentía incómodo, a pesar de que la mujer había expresado *motu proprio* el deseo de hablar.

Pulsamos el botón del timbre con el número dieciocho, escuchamos un zumbido y Zoran empujó la puerta. Entramos. Se notaba el olor a aire estancado, como en casi todas las construcciones de ese tipo. No había ascensor. Llegamos jadeantes al ático, donde ya nos estaban esperando. No sabía qué rumbo iba a tomar ese encuentro. ¿Cómo podrías volver a hablar después de haber vivido eso? La mujer que estaba ante nosotros era de mediana edad, tenía un semblante bonito y delicado y estaba vestida de manera sencilla. El ático contaba con un único y amplio espacio. Muebles sencillos, todo muy limpio, estéril y sin alma. Nos preparó té, aunque con Zoran hubiéramos preferido algo mucho más fuerte. Nos acomodamos junto a la ventana que daba a la calle. Conecté el dictáfono. Yo hacía las preguntas y Zoran traducía.

—*¿Nos diría usted su nombre? No es obligatorio, desde luego.*

—Jande, Jande Vajidjodjic.

—*Otra pregunta incómoda: ¿cuántos años tiene?*

—Cuarenta y un años.

—*¿De dónde es usted, Jande?*

—De Sarajevo. He nacido aquí y siempre he vivido aquí. Aquí, en mi Sarajevo.

—*¿Cuántos años tenía durante el asedio?*

—Treinta y dos, treinta y tres.

—*¿Fue muy duro?*

—Muy duro, no se puede describir con palabras.

—*¿De qué se ocupaba antes de la guerra?*

—Médica. Era médica. Pediatra.

—*¿Usted quiere a los niños?*

—Sí. Los quería.

—*¿Ha vuelto a ejercer la profesión?*

—No. (*Tras un prolongado silencio sus ojos se llenan de lágrimas y diluyen el maquillaje.*) Jamás volvería a curar a la gente.

—*¿Por qué?*

—No puedo.

—*¿De qué se ocupa ahora?*

—Me reincorporaron al hospital. En un puesto administrativo.

—*¿No le aburre?*

—Me aburre, sí, pero no puedo curar. Al tomar en manos el estetoscopio me pongo a temblar. Ya no soy capaz de curar.

—*¿Por qué? ¿Qué ha pasado?*

—Trastorno por estrés postraumático. Me han dicho que

con el paso del tiempo desaparecería, pero no lo creo. Todo lo que había usado antes de la guerra y tengo que tocarlo ahora me hace temblar.

—*¿Tendría usted ánimo para contarnos qué ha sucedido?*

(Un largo, muy largo silencio, entrecortado por los sollozos. En realidad no son sollozos exactamente sino profundos y dolorosos esfuerzos de aspirar el aire que no le alcanza.)

—No tengo fuerzas, pero quiero que el mundo sepa. Es un solo caso, el mío, pero sucede constantemente, ocurre en este momento donde hay guerra. Tengo que contarlo.

(Empieza a temblar, su rostro se queda crispado de dolor. Su cara hermosa está cubierta ahora de la sombra de un profundo dolor. Tiene rasgos finos. Quizá antes haya tenido una sonrisa bonita.)

—*Está bien, no se apure, cálmese. No tenemos prisa. El apresurarse ya ha terminado.*

—Sí. El apresurarse ya ha terminado, todo ha terminado. El tiempo se ha parado, ya no hay relojes.

—*¿Le pilló aquí el bloqueo?*

—Sí.

—*No obstante, ha podido escapar. ¿Cuándo decidió abandonar Sarajevo?*

—Inmediatamente después del asedio mi marido tomó la decisión de irnos. Aquí todo le volvía loco. Tenía un sistema nervioso débil y en estado de guerra ese tipo de personas no resisten.

—*¿Cómo han logrado escapar?*

—Su primo lo organizó todo. Partimos unas siete personas.

—*¿Era fácil huir?*

—De Sarajevo, sí. Se había abierto una brecha. Pero después se hizo difícil, fue horrible.

—*¿Por qué?*

—Íbamos directo por el bosque. No había camino alguno. La nieve alcanzaba las rodillas, una nieve pegajosa, húmeda. No sentía los pies, estaban siempre mojados y helados.

—*¿Dónde dormían?*

—En cabañas, en casas abandonadas. Pero tampoco allí lográbamos calentarnos. No encendíamos fuego para pasar desapercibidos.

—*¿Cuánto tiempo duró el trayecto?*

—Sería una semana. Luego nos separamos. Un hombre se encargó de atendernos a mí y a mi marido, y también a otra pareja más. Creo que era kosovar. Tenía que llevarnos a territorio bosnio y luego a Albania. Teníamos pensado con mi marido partir de allí hacia Austria o Alemania.

—*¿Y el plan fracasó?*

—Sí. Fracasó.

—*¿Y por qué, les traicionó alguien?*

—No sé, algo salió mal. No sé si nos traicionaron o si simplemente no tuvimos suerte. Tras dividirnos en dos grupos caminamos dos días más. El guía aseguraba que nos quedaba un día para alcanzar territorio bosnio. Pero caímos en una emboscada.

—*¿Una emboscada?*

—En un barranco. Fue al atardecer, saltábamos una malla metálica cuando abrieron fuego contra nosotros.

—*¿Qué pasó?*

—Nos invadió el pánico. Rodamos en la nieve. No había dónde escondernos bien, había tan solo unas matas y no veíamos de dónde venían exactamente los disparos. El marido de la otra pareja quedó herido.

—*¿Y?*

—El kosovar, creo que se llamaba Amir, también abrió fuego, a lo loco, hacia el lugar de donde podían proceder los disparos. Se armó un tiroteo. Yo y mi marido estábamos tumbados con las caras metidas en la nieve y rezábamos.

—*¿Por qué no menciona el nombre de su marido?*

—Porque no quiero mencionarlo nunca más.

—*¿Pudieron escapar?*

—Casi toda la noche la pasamos en la nieve, el tiroteo se reanudaba de vez en cuando pero no se acercaban. Amir nos decía que estaban esperando el amanecer para fusilarnos como liebres. Poco antes del alba nos hizo una señal para emprender la marcha. Intentó cubrirnos disparando, pero quedó herida la otra mujer.

(Se calla de golpe y sus hombros se estremecen. Con un solo temblor.)

—*¿Quieres un poco de agua?*

—No. Me cuesta tragar al recordarlo.

—*Si quieres, podemos parar.*

— No, quiero decirlo y que se termine.

—*Estás llorando. ¿De qué te acordaste?*

—Los dejamos los dos allá, en la nieve. Estaban vivos, nos rogaban, pero Amir dijo que sería una muerte segura para nosotros si parábamos a ayudarles.

— *¿Los dejaron?*

—Sí. Los dejamos y seguimos adelante. Oímos sus gritos largo rato. Pero nos fugamos.

—*Sin embargo, no pudieron alcanzar territorio bosnio.*

—Nos faltaba menos de una hora, decía Amir, cuando salíamos de los campos de un pueblo. Era necesario cruzar el camino. Fue un error. Atravesábamos lugares concurridos y abiertos como las carreteras solo por la noche, pero ya no teníamos fuerzas; además, estábamos tan cerca de la meta.

(Se estira en la silla.)

—Y les atraparon.

—Si hubiéramos tenido un poco más de paciencia nada habría sucedido. ¡Inshallah!

(Sus ojos se llenan de nuevo de lágrimas.)

—¿Y cómo los capturaron?

—Un camión apareció de la nada. Un camión descapotable con soldados en la zona de carga. Nos vieron, nos gritaron algo, nosotros echamos a correr y ellos comenzaron a disparar. Amir respondió a los disparos y lo mataron. Fuimos capturados.

—¿Los dos juntos?

—Sí, pero nos separaron enseguida. A él lo dejaron en el pueblo y a mí me tiraron en el camión. Quise resistir, pero me cogieron y me tiraron como un saco. Uno de los soldados me dio con la culata en la cara, otro gritaba: «¡A callar, puta musulmana, ahora vas a saber lo que es un duro rabo serbio!». Otro tercero comenzó a desabrocharse los pantalones; lo veía como detrás de un velo, un velo sangriento. Entonces me salvé.

—¿Por qué?

—Estaba herida en el muslo y había mucha sangre. Durante la noche tuve fiebre. Alguien propuso que me dejaran allí mismo, pero otro dijo: «Más tarde también podemos dejarla. Si sobrevive, servirá para algo. Está buena para follar». Esas fueron sus palabras. No sabía para qué rezar, si para sobrevivir —si es que quería seguir con vida— o para que todo acabase. Luego me quedé adormecida por el dolor o por la pérdida de sangre.

—¿Cuándo despertaste?

—No sé cuándo, pero sé que estaba en una alcoba blanca, con enjalbegadas paredes blancas y entre limpias sábanas blancas. Hacía meses que no había visto unas sábanas limpias. Me habían vendado el muslo. Una señora gorda cuidó de mí varios días. No hablaba conmigo, respondía con señales a todas mis preguntas. Sin embargo, no pude saber si era muda porque entendía lo que yo le decía. Oía unos sonidos cercanos, risas, el chocar de vajilla, disparos del otro lado del patio. Y de noche gritos, aunque lejanos, como si vinieran del lado opuesto del edificio. Gritos de mujeres.

—*¿Cuándo supiste dónde te encontrabas exactamente?*

—Pasados unos días. Ya me había restablecido, cojeaba, pero me sentía bien. Entonces... Entonces. *(Su voz se entrecorta.)* Entonces apareció un hombre con uniforme de camuflaje. Entró, inspeccionó la habitación; no recuerdo su semblante, recuerdo solo el fuerte olor a agua de colonia. «Oye, perra —dijo—, aquí no hay quien te ayude, aquí estamos tan solo nosotros. Sollozar o no sollozar, da igual. Si desobedeces te voy a volar los sesos». Me quitó la manta. Me apretó fuerte las muñecas. Me arrastró hasta la ventana abierta y me hizo asomar la cabeza. Sentí un frío mordiente. Lo que vino después casi no lo recuerdo. Palabras sueltas: «Cámbiate, lávate».

—*¿Qué ocurrió?*

—Veía solo su silueta. Gritaba: «Perra, ve al baño, allí hay ropa limpia». Me resisto sollozando y él me arrastra sobre el suelo áspero, me levanta, me agita fuertemente, grita: «Cuando vuelva debes estar restablecida, de lo contrario será peor». Sale. Escucho largo rato sus pasos por el pasillo. La hora más larga de mi vida. No hay cosa más horrible que la incertidumbre. En efecto, resultó que la hay.

—*¿Y después lo comprendiste?*

—Sí, después lo entendí todo. Volvió una hora más tarde, como había amenazado, junto con un soldado más joven. Éste me miró y dio un silbido. Me hicieron salir. Claramente, estábamos en algo que parecía ser una escuela. Los pasillos eran largos y angostos y el suelo de mosaico. Brillaban de tan limpios y se sentía el olor a lejía. No sabía adónde me estaban llevando, pero nos acercábamos a un lugar en el que había mujeres. Cuanto más nos acercábamos, más fuertes se oían las voces femeninas. Llegamos a una blanca puerta contrachapada, el soldado la abrió, el hombre alto me cogió de la mano y me hizo entrar dentro. Era un comedor. Una veintena de mujeres estaban almorzando y todas se quedaron calladas cuando entramos. Se quedaron heladas, miraban asustadas. El alto solo dijo: «¿Qué miran? Esa es nueva, háganla entrar en nuestra cotidiana vida laboral» y se fue. No sabía qué hacer. Las mujeres me miraban con horror y compasión. Una señora bonita se levantó —rondaba los cuarenta—, me tomó de la mano y me condujo hacia la mesa libre más cercana. Le pregunté: «¿Dónde estoy?». «En Focha», dijo. No había oído ese nombre. «¿Qué lugar es éste?» La señora se paró, me miró y, con la mano puesta en mi hombro, dijo: «Es un campo de violaciones». Las palabras sonaron como un disparo. Después añadió: «Debes ser muy fuerte, muy fuerte. Si no, no sobrevivirás». Caí desmayada y me arrastró a una silla. Me roció la cara con agua. Puso un plato delante de mí. «¡Come!» Las demás comían en silencio, con las miradas clavadas en sus platos. «Tienes que hacerte a la idea, si no estás muerta. De aquí no hay salida. Tienes una alternativa. Resistes o intentas que todo sea sin violencia. Resistir les excita». Guardó silencio y agregó bajito: «Yo he resistido hasta el final».

(De pronto se queda callada. Hasta ese momento hablaba como si se hubiera dado cuerda para decirlo todo, pero al llegar a lo último empieza de nuevo a temblar.)

—*Si quieres podemos parar y continuar mañana.*

—No. Si no lo digo ahora nunca lo voy a decir y se quedará dentro de mí. Pero la gente tiene que enterarse. El mundo ha de enterarse. Conmigo nada puede hacerse ya, pero la gente tiene que saberlo.

—*Está bien.*

—Era un juguete para ellos. Los soldados venían a cualquier hora y sacaban a alguna mujer. Y cuando la devolvían —si es que la devolvían— estaba con la ropa desgarrada, con moratones y ensangrentada. No pronunciaba ni una palabra, solo se acurrucaba en la cama, temblando. Nosotras la limpiábamos. Y todo eso se repetía sin cesar.

—*¿Hablaban entre sí?*

—Hablábamos constantemente. Me dijeron que algunas quedaron embarazadas y abortaron. En la mayoría de los casos lo habían hecho solas. A algunos les gustaba entretenerse con las embarazadas. Después las asesinaban. Hablábamos a menudo de nuestras casas y de los familiares, y no por otra razón sino para que alguna de nosotras pudiera contarlo a los familiares si sobrevivía. No eran pocas las chicas que tomaban tranquilizantes. Algunas tomaban droga regularmente, ellos dejaban la droga en sitios accesibles y no era un problema.

(Había dominado la emoción, pero la mujer que teníamos delante ya no era un ser humano. No tenía espíritu, era una muñeca parlante, nada más.)

—*¿Y contigo qué ocurrió?*

—A mí no me tocaban. Estaban jugando para acrecentar mi temor. Cada día que pasaba aumentaba mi horror porque no sabía cuándo llegaría mi turno y qué iba a suceder. Noches enteras escuchábamos los gritos y no podíamos dormir.

Yo también empecé a tomar tranquilizantes. El octavo día se ocuparon de mí.

(Va clavando la mirada en el suelo y, sin embargo, permanece tranquila aunque ausente, en mucho tiempo está ausente.)

—Recuerdo, en realidad, solo momentos aislados. Un pasillo oscuro y húmedo, botellas con alcohol, risas masculinas, una bombilla amarillenta en el techo, alguien me arrastra, un suelo frío, estando desnuda, ya completamente en cueros, vomito en el rincón, alguien me da una bofetada, doy patadas, me dan patadas en el flanco varias veces, unos cuantos hombres desnudos hasta la cintura riendo, me doy contra las paredes, caigo, me arrastro. Trato de alcanzar la puerta, risas rudas, cínicas. Estoy acostada en el suelo y no oigo nada, y no siento nada, me asfixio, quiero respirar y no puedo, una bota militar presiona mi cara contra el suelo. Resuello, rostros desfigurados, me echan alcohol en la boca, vomito. Otra vez risas, el uno me empuja hacia el otro. Alguien me levanta, una pared y una cama, cada roce me hace temblar y me desplomo. Ya no estoy desnuda, estoy cobijada con una bata, me duele todo, entre las piernas siento el dolor más fuerte. Alguien me está hablando en voz baja y tierna, risa, semblantes deformados, agua, alguien me tiene abrazada cuidadosamente y ha abierto la ducha, agua caliente, intenta lavarme entera.

(Se impone un silencio anormal. Quizá es una risa lo que se oye en la lejanía. Ella no dirá nada más. Ya lo dijo todo, corrió como el agua sucia de una tubería estancada. Eso es todo. Ese es el final: hedor, risa.)

—*¿Y después de la guerra?*

—¿Después de la guerra? Sí, he visto el fin. Volví a Sarajevo, mi Sarajevo, no había otro sitio donde ir. He regresado. No me aceptaron. Incluso los más íntimos.

—*¿Y tu marido?*

—Él había sobrevivido. Me había buscado durante mucho tiempo, pero cuando le conté todo, dijo que teníamos que separarnos. Dijo que nunca más podría tocarme sin poder ver a la vez cómo me estaban tocando decenas de hombres. Decenas de serbios. Estuvimos unos días juntos, pero con solo mirarme se volvía con repugnancia. Y yo le necesitaba tanto, quería que solo me abrazara, incluso una vez intenté desvestirme. Pero dijo que al verme desnuda me iba a pegar. Salió y no he vuelto a verle.

—*¿Tus padres?*

—Mi papá renegó de mí, mi hermano también. Como si tuviera peste, como si yo tuviera la culpa. Alquilé esa pequeña buhardilla en el centro, tan solo mi madre viene para traerme dinero, comida. Y para verme.

—*¿Y los centros? ¿Hay centros de asistencia psicológica para las mujeres víctimas de violencia?*

—Sí, he ido.

—*¿Prestan ayuda?*

—Sí, ayudan. A las que quieren vivir y recomenzar, las ayudan.

—*¿Tú no quieres recomenzar?*

—No.

— *¿Qué es lo que quieres?*

—Que me oigan. Eso es lo que yo quiero.

— *¿Trabajas?*

—Trabajo. Trabajo por las noches también, trabajo los fines de semana. Y como voluntaria en la biblioteca municipal.

—*¿Por qué en la biblioteca?*

—Hay catálogo, muchos libros, información. Quisiera saber si ha sido igual en todas las guerras, si han hecho lo mismo con las mujeres. He escrito cartas a las bibliotecas, a los centros de investigación y a las universidades pidiendo información.

—*¿Te responden?*

—Responden. Resultó que siempre ha sido así, por eso quise hablar. Dicen que la violación se ha considerado siempre como algo normal durante una guerra, no ha sido nada especial, eso dicen. Los soldados —ellos son seres humanos— también tienen sus necesidades. Cuando el Ejército Rojo avanza en Europa durante la Segunda Guerra Mundial, en Viena fueron violadas alrededor de cien mil mujeres, y casi trescientas mil en Berlín. Leí que cuando preguntaron a Stalin sobre el asunto él había respondido con toda seriedad: «¿Saben ustedes lo que han vivido esos soldados durante la guerra? A fin de cuentas, también ellos tienen derecho a un poco de placer, a un poco de diversión». Un poco de diversión. Para ellos esto es, simplemente, un poco de diversión. Desde luego los nazis hicieron lo mismo en Rusia. Probablemente, también para ellos había sido un poco de diversión. Por eso quiero que el mundo lo oiga.

Se calla de golpe. Guarda silencio cierto tiempo, como si lo hubiera contado todo, pero de repente sonríe:

—Tengo entendido que, por primera vez en la historia, en La Haya van a enjuiciar a los violadores como criminales de guerra. Quiero estar allí y hablar. No, hablar no, ¿sabe usted?, quiero gritar. Quiero gritarles, tal como gritaba en Focha, día y noche, día y noche, días y noches seguidos, quiero reventarles los tímpanos, quiero que me oigan. Por eso estoy viva. ¡Quiero que me oigan!

(Se queda en silencio otra vez. Se estremece todo su cuerpo; nada ha quedado en ese cuerpo frágil, bonito, deseado, querido y sonriente antes, excepto la ira y el dolor.)

No puedo pensar en otra cosa que no sea la última entrevista. En Sarajevo hace calor y es bonito, un abigarrado ambiente otoñal, gente joven alrededor tomando cerveza, riendo... La ciudad tiene un aire festivo. Pero me cuesta caminar. Cada una de sus palabras pesa en mis pies. Tengo mareos. Necesito un trago, un trago grande para poder tragar todo eso. Zoran también. Tiene los ojos ensangrentados. No ha bebido ni ha llorado. Simplemente, somos incapaces de digerirlo.

Paramos frente a un estrecho pero romántico bar. Nos sentamos en las altas sillas de la barra de madera, justo frente a la abierta puerta corrediza por la que entran con su oleaje el día, el otoño y las risas. Pedimos whisky doble, dos cubitos de hielo; esperamos su disolución y nos lo tomamos de un trago. No hablamos entre nosotros. No hace falta. El ardor se desvanece por todo mi cuerpo. Siento un mareo en la cabeza. Me encuentro mejor. Pagamos, dejamos una generosa propina. Volvemos a caminar por las calles, cae el crepúsculo. EL de arriba hace bien su trabajo. No se me quita de la cabeza ni una sola palabra dicha por ella. Llegamos a la orilla del Miljacka. No puedo olvidar un solo gesto suyo, la mirada... Mejor dicho, su mirada ausente. Ves que es un ser humano, una mujer bonita, pero desolada por dentro. Lloro en la orilla del río; Zoran me ha abrazado y también está llorando. Queremos decirnos algo, pero sentimos un nudo en la garganta. Compramos una botella de whisky de la tienda abierta las 24 horas. Volvemos a sentarnos a orillas del Miljacka. Nos pasamos la botella en silencio y el whisky se acaba pronto. Voy elevándome levemente sobre Sarajevo. La ciudad parece aún más bonita desde esta perspectiva. Las lucecitas cubren los edificios y la gente como una red de pesca tendida. Voy alzándome más, parezco un ángel con las alas abiertas. Lo último que veo son las luces de la biblioteca municipal. Allí alguien sigue leyendo. En realidad, una sola ventana está iluminada por una amarillenta luz débil, tal vez la que desprende una bombilla desnuda y solitaria, calentada por dentro. Regresamos con Zoran a su casa. Él saca una botella de aguardiente de ciruelas. Bebemos. Queremos quemarlo todo. Olvidar. Nos tumbamos con la ropa puesta en dos camas contiguas.

Fin, oscuridad. Oscuridad y desolación cósmicas.

21:00

Ambos sentían ganas de decir algo, pero no sabían qué decir. Sus sentidos, agudizados por el miedo, percibían cada ruido: el retumbar del río en las bases del puente, el susurro de la hierba agitada por el viento, el bramido de la alcantarilla cercana, el perezoso y prolongado ladrido de un perro, el resonante tañido de una campana en la lejanía.

Por fin, Davor se incorporó y dijo:

—Anda bien pegada a mí.

—Vale —dijo Aida.

Y pisaron el puente.

Todo seguía estando en calma. El puente tenía cuarenta metros de largo. Solo cuarenta metros hasta la libertad. Caminaban atentos, lentamente, como si andaran descalzos pisando sobre cristales rotos. A duras penas resistían el impulso de echar a correr, pero Karo les había advertido *que no se dieran prisa* por razón alguna. Sin saber por qué Davor se acordó de su canción favorita *Nesanica: Idi, idi nesanice da ne vidim tvoje lice* y de cómo la interpretaba Aida. Apretó aún más fuerte su mano. Se oían tan solo el crujido de las piedrecitas bajo sus suelas y el rumor del río Miljacka.

Los contornos del edificio de la orilla opuesta, donde les estaban esperando, se volvían cada vez más visibles.

Las tres botellas estaba sumido en el silencio. Era ese momento de la jornada en el que todo el mundo estaba durmiendo. Pronto iban a dar las cinco de la madrugada. Los ojos de Zoran flotaban en una niebla roja, pero él resistía y me miraba fijamente. Había contado demasiado, escuché más de lo que esperaba. Sin embargo, quedaba algo silenciado en esta noche de locura. Yo también lo estaba mirando y me preguntaba ¿qué podría ser? Llenamos otra vez las copas y bebimos en silencio. Me percaté en el mismo instante. *Su* historia. Había contado de todas y no de *su* historia.

—Zoran, ¿sabes qué es lo que jamás olvidaré?

Me miraba de la misma manera fija, pero seguía callado.

—Aquella mujer —dije—. La entrevista que hicimos contigo. No puedo olvidar su rostro y la ausencia de al menos una chispa de vida en sus ojos. Jamás había sentido una desolación tan inmensa. Como si soplara un viento helado desde aquellos ojos...

—Hace unas horas —al fin rompió el silencio— me preguntaste acerca del odio. Yo mismo me lo he preguntado mil veces. Y no encuentro respuesta. No sé qué fue lo que lo desencadenó. ¿Qué fue lo que nos hizo degollarnos como unos degenerados y cometer violaciones tan brutales? En los Balcanes el odio es más que todo lo existente. Aquí cada uno odia al otro. Ustedes odian a los turcos, nosotros a los bosnios y a los croatas, los macedonios, parece, odian a todos, los griegos no soportan a los albaneses, los albaneses y los croatas detestan a los serbios. Éste es un círculo vicioso. Violencia, mierda, dolor. Y así será hasta el fin del mundo. El odio irá heredándose de padres a hijos y de los hijos a sus hijos. Y alguien se va a beneficiar de eso. Es tan simple.

—¿Y no ha de ser interrumpido jamás? —pregunté, pero yo ya sabía que tenía toda la razón.

—No hay manera. La guerra desata todo el mal que el hombre lleva dentro. La guerra te convierte en un asesino común y corriente. Y no importa qué habías sido antes. Profesor, pintor, mecánico, futbolista, humanista, pacifista, filántropo... En la guerra eres solo un asesino y no tienes opción.

Con eso, rotundamente, no estaba de acuerdo.

—¡Basta de estupideces, Zoran! —alcé la voz—. Creo que no quieres justificar a todos esos verdugos al decir: «Era una guerra, no tuvieron la posibilidad de elegir». Siempre puedes optar. No puede haber excusa para los que han matado y han violado. No importa por qué lo hayan hecho, si por dinero, por placer o por estupidez. No puedo imaginar que yo o tú, independientemente de las circunstancias, pudiésemos apuntar un arma contra gente indefensa, contra víctimas inocentes, contra niños. ¡Defendernos, sí; defender a nuestras familias, sí!; pero contra los inocentes y los indefensos, ¡no! ¡Jamás!

—¡Te equivocas! —Los ojos de Zoran desprendían locura—. Estás muy equivocado.

—¿Cómo?

Era increíble que precisamente él, después de todo lo que había vivido, después de todo lo que me había contado, fuera capaz de decirlo.

—En tiempo de guerra uno desempeña dos papeles, no más: de blanco y de asesino. Y no puedes elegir.

Intenté levantarme, pero Zoran me apretó la mano contra la mesa. Miraba hacia el otro lado. Ya no sabía qué hacer cuando de golpe se volvió hacia mí. Sus ojos en verdad desprendían locura, pero en ella se divisaba un dolor terrible.

—¿Sabes lo que es tener un propio ser vivo? —su voz sonaba diferente; yo había rozado algo escondido en lo más profundo de su alma y él ya quería hablar—. Tuyo, tío, solo tuyo. Suena tonto, cursi, romántico... ¿Verdad? Pero es tuyo. Era delgadita. Nunca me han gustado las mujeres delgadas. Piernas flacas, unas mallas grises, botas marrones. Me enamoré de sus piernas. Estaba subiendo con las escaleras mecánicas en el Centro Comercial, estaba pensando en algo... En algo sin sentido y tonto. Y en un momento me dí cuenta de que estaba mirando las piernas de la persona que estaba delante de mí. Unas piernas con mallas grises y botas marrones. Y de repente me entraron unas ganas de arrodillarme allí mismo y de pasar la lengua por las mallas, quitar luego las botas y chupar los dedos de sus piernas congeladas bajo las fibras de algodón. Quitar esas mallas, oler su piel. Seguí detrás de ella. Iba andando lentamente y miraba distraída los escaparates medio vacíos. Tenía un cuerpecito esbelto, pelo castaño rizado, nada especial, pero... Se giró, me miró, sonrió, fue como una tormenta repentina, de esas primaverales que huelen a frescor y a vida. Empecé a hablarle y ella se reía de mis tontas bromas. Quería impresionarla pero solo se reía. Me enamoré de su risa. Nada del otro mundo, tío, nada, dientes torcidos, los colmillos se superponían a los incisivos, labios secos... Nada especial. Pero labios *míos*, dientes *míos*, aliento *mío*. Fuimos a mi casa. Llevaba siglos sin limpiar pero ella no se indignó, solo me regañó un poquito. Ordenó rápidamente mis libros esparcidos, la ropa que rodaba por el suelo, levantó la guitarra. Preparé sangría. Bebimos un poco. Puse a *Srebrna krila*. Estuvimos hablando, bailando, le dimos un poco a la maría... Y luego sentí su sabor. Y después... Después me puse feliz. De repente. Dios mío, ¡vaya cliché! ¡Feliz! ¿Quién podría estar feliz en este mundo de mierda? Pero yo sí me sentía feliz. De verdad, hermano, estaba feliz. Siguieron las noches, las mañanas, los despertadores sonando, la prisa, los nervios, el cine, los amigos, el sexo, las cuentas por pagar, los contratos, los despidos, los planes para el futuro, la compra de muebles, arreglar los grifos que goteaban. A veces risa, a veces lágrimas. Nada especial, ¿verdad? Igualmente, vuelves a casa y alguien te está esperando. Alguien se apresura dando golpes con las zapatillas para abrirte la puerta. Para abrazarte, escucharte, quitarte toda la tensión acumulada. Que absorba el miedo enloquecedor de la insensatez. Estrecharse contra tu pecho y decirte que te necesita. ¡Señor, nada puede igualar esa emoción! Un ser, *tu* ser, decirte que te necesita. Entonces te conviertes en Hércules, Áyax, Superman. No hay nada que se te resista. Puedes revolcar la Tierra, puedes hacer hasta lo imposible solo para verla sonreír. Y después las cosas triviales, la preocupación de que haya dejado manchitas rojas en la sábana del hotel, llevarla borracha atravesando media ciudad mientras te explica el sentido de la vida, dormir como un bebé en tu regazo cuando el taxi avanza dando saltos por la calle Čemerlina. Prepararle comida, mirarla cómo bebe el vino con los ojos entornados, esperarla en los pasillos del hospital que huelen a lejía y a muerte, temer por su vida, que se te encoja el estómago cuando se ríe de corazón, sentir, después de bañarse, su olor familiar que no olvidarás hasta el final de tus días. Todo lo demás puede que sí, pero no su olor.

Zoran se quedó callado. Yo sabía que era una calma falsa antes de que el huracán nos golpeara con toda la intensidad de su fuerza. Y prosiguió, con su voz uniforme y sin vida.

—Ocurrió el tres de septiembre de mil novecientos noventa y dos, el maldito tres de septiembre. Durante todo el día hubo bombardeos, Sarajevo estaba temblando, era horroroso. ¿Adónde habría decidido ir? Yo estaba aquí y me estaba hartando de beber rakía para menguar el miedo que me enloquecía. Y en un momento dado de repente entra Aida —éramos del mismo barrio, ella y su amigo Davor— despeinada, jadeante. Y grita: «¡Zoran, venga, rápido, han herido a Katya! ¡Davor la ha llevado al hospital!» La borrachera se me pasó enseguida. Agarré a Aida del brazo y la arrastré por las escaleras. En la calle vi que el cielo estaba oscurecido, había polvo y desperdicios por el asfalto calentado por los proyectiles. De camino al hospital no oímos nuevos tiros. Entré de sopetón y la vi acostada sobre unas sábanas sucias, con miles de tubitos clavados. Pero estaba viva. ¡Qué agradecido a Dios —en el que no creo— me sentí! El médico dijo que sobreviviría. Luego, cuando pasó mucho tiempo, me contaron cómo Davor la había llevado en sus brazos, atravesando Sarajevo bajo el trayecto de los proyectiles. Se habían salvado de milagro. Davor era así desde pequeño, un buenazo.

Zoran se tragó las lágrimas y apuró el último trago.

—Apenas habíamos salido con Aida de allí cuando se oyó una explosión. La mitad del hospital quedó destruida. Lo habían hecho explotar los bosnios. Volvimos de prisa por entre los escombros de los pasillos en llamas. No tenía ni un rasguño en su cuerpo. Simplemente se había asfixiado. Había muerto en silencio. Nunca me dijo una palabra ofensiva. Nunca me insultó, no era capaz de hacerlo. Nunca me hirió. Y yo, en cambio, la había herido tanto... Y seguía sonriendo. Quité todos los tubos, quité los escombros que estaban encima de ella, la cogí rápidamente en mis brazos y me fui. No sabía qué rumbo tomar. Por las calles me miraban raro, aunque tales escenas eran comunes. De hecho lo sabía. La llevé directamente a mi casa. Todavía estaba caliente. Todavía olía a leche. O por lo menos a mí me lo parecía. La dejé acostada en nuestra cama. Me harté de beber rakía directamente de la botella, quería quemarlo todo. La desvestí. Desnuda. Cogí la palangana y una blusa suya y la lavé con cuidado. Enterita: de los dedos de los pies hasta los bordes de las orejas. Tenía una piel muy blanquita. Seguí hartándome de beber. Me acosté a su lado, la abracé, le olí el cuello y me quedé dormido. Cuando me desperté ya estaba fría. Tan fría... Así fue, punto. Al día siguiente la enterramos. Los entierros se llevaban a cabo rápidamente, no había tiempo para nada; además, en septiembre hace calor. Así me quedé sin Katya. Ya no puedo tocar a otra mujer. Me apetece pero no puedo. Voy de bar en bar, bebo, miro a las parejas enamoradas, me imagino cómo hacen el amor, cómo se rozan... A veces incluso siento su perfume y estoy a punto de desmayarme. Y las noches son horrorosas, con este insomnio enloquecedor.

Zoran se queda callado. No sé qué decir, ni qué hacer. Me quedo rígido y lo miro. Y pienso: esto es todo, final, con esta confesión todo ha acabado. Sin embargo, Zoran continuó de repente:

—Toda la semana estaba borracho. Día y noche me hartaba de beber en *Las tres botellas*, no salía de ahí. Al séptimo día, de madrugada, salí y fui directamente arriba a Grbavica. Me uní a los rebeldes, cogí el fusil y empecé a disparar contra la ciudad.

—¡Perdona! —exclamé—. Zoran, ¿tú? Imposible. No es posible. Hablas como en sueños. Me estás mintiendo, ¿verdad? Es por el alcohol, ¿no?

Él sacudió la cabeza con tristeza:

—Quería convertir en ruinas esta ciudad que me lo quitó todo, que me privó del único ser que me ha amado. Mi padre era un borracho fracasado, mi madre nos abandonó cuando yo tenía cinco años. Crecí en las calles solo, como un perro. Y luego apareció *ella*. Y ya no estaba y nada tenía sentido. Nada.

—¿Has asesinado?

—Ya te lo he dicho. En una guerra solo puedes ser un blanco o un asesino. No puedes optar.

—¿Has asesinado?

—Solo me ponía a disparar al azar.

—¿Por eso has sobrevivido? ¿Y qué, hasta el final de esta guerra te quedaste allá arriba y disparabas contra esta misma ciudad y contra esta misma gente?

—No, hasta el final no. Hasta el diecinueve de mayo de mil novecientos noventa y tres.

El diecinueve de mayo de mil novecientos noventa y tres, Sarajevo, las nueve de la noche, la colina Grbavica

—Anda, chicos, suficiente ya, vámonos —dijo el capitán del destacamento de artillería.

Se puso de pie y se colgó el *kalashnikov* al hombro.

—Pero jefe, falta media hora hasta el fin de la guardia —replicó sorprendido uno de los rebeldes que estaban en la trinchera.

—La noche está tranquila —respondió nervioso el capitán—. Los del próximo turno continuarán. Nosotros ya hemos hecho bastante para el día de hoy. Anda, tengo hambre, estoy con ganas de beber, de follar. Echamos una partida rápida al belot y hacemos una apuesta. Venga, ¡levantaos!

Los hombres, uno tras otro, empezaron a ponerse de pie y luego el capitán les condujo hacia el edificio cercano. Se detuvo y preguntó:

—Y Zoran, ¿dónde está?

—Está meando otra vez, tiene la vejiga débil —dijo uno y gritó—: ¡Venga, Zoran! El capitán nos retira antes.

—Ya voy —replicó tras los arbustos una voz masculina.

Zoran tenía prisa, estaba impaciente por sentarse, tomar unas copas de aguardiente y olvidar el día. Tomó por la senda trillada entre los arbustos. Los demás ya estaban entrando en el edificio situado en la colina.

Llegó a la trinchera desde la que habían disparado durante varias horas. De golpe, algo le llamó la atención. Un movimiento en la lejanía. Instintivamente levantó el fusil.

En el ocular vio dos figuras que caminaban por el puente *Vrbanja*.

No lo pensó. Apretó el gatillo simplemente por instinto.

La palanca estaba en posición «ráfaga».

El veinte de mayo de mil novecientos noventa y tres, Sarajevo, las diez y cuarenta y tres minutos de la mañana

Lada deambulaba enloquecida por la casa. No sabía dónde meterse. Iba y venía de un lado para otro, iba al baño, después al lavabo, al dormitorio, sin entrar en ninguno. Giraba en círculos. Dalibor, paralizado, estaba de pie ante la puerta abierta del salón. Desde el momento en que notaron la ausencia de Aida y Davor, tenían claro que habían huido.

Entonces alguien empezó a dar golpes en la puerta. Lada se quedó inmóvil. Los golpes se volvieron más fuertes. Fue corriendo, abrió y vio a Zlatko. Tenía un aspecto horrible, sucio y sin afeitar. Entendió todo al instante. No dijo nada, no preguntó nada. Como si mientras no estuviera dicho en voz clara, Davor y Aida siguiesen vivos. Zlatko se apoyó en el quicio, paso la mano por su abundante cabello negro y dijo con una voz ronca del horror:

—Han matado a Davor y Aida en el puente del Miljacka.

Lada dio un paso atrás.

Luego su grito hendió el silencio, chocó contra los cristales de las ventanas rompiéndolos y resonó en la ciudad entera.

El rosario en las manos de Dalibor se cortó y las diminutas bolitas retumbaron sobre las baldosas del suelo, dispersándose hacia todos lados.

Veintiuno de mayo de mil novecientos noventa y tres, Sarajevo, las nueve y cuarenta y un minuto de la mañana

Samira estaba balanceándose en la silla de la cocina. Tenía la carta en sus manos y se balanceaba. Cuando terminó de leerla, en unos minutos su pelo se puso blanco. Desde entonces permanecía sentada en la silla y tan solo se balanceaba. No fue ni una vez al baño, no bebió ni una gota de agua, no comió nada; únicamente permanecía sentada, balanceándose en la silla, y releía la carta.

Querida mamá, querido papá:

Davor y yo decidimos huir. No aguantamos más aquí. Les pido, por favor, que me perdonen ya que no había forma de decirles adiós. Pero no se preocupen, todo irá bien con nosotros. Davor pagó a unos hombres mucho dinero. Mucho dinero. Todo está garantizado, no vamos a tener nungún tipo de problemas. Cuando estén leyendo esta carta ya estaremos en libertad. No se preocupen por mí, de verdad, todo irá bien con nosotros. Cuídense más ustedes. Cuídense mucho porque se quedan en la guerra.

Les quiero mucho, les quiero tanto que no puedo expresarlo
con palabras. No tiene parangón . ¡Les quiero! Un beso a ti,
mamá, un beso a ti, papá.

Les quiero y les doy las gracias por todo.

La carta tenía dos líneas más, pero Samira las ignoraba. En esos dos días la leyó más de quinientas veces, y cada vez que llegaba a las dos últimas líneas, dejaba de leer y empezaba desde el principio. Como si al dejar la lectura de la carta inconclusa, Aida hubiera estado viva y hubiese más cosas que decir. Safet no paraba de fumar. No decía una palabra, solo prendía un cigarrillo tras otro. Al menos salía para comprar tabaco, iba al baño, bebía rakía...

Se escucharon unos golpes en la puerta. Samira cesó el balanceo y miró a Safet, pero él ni siquiera se movió, envuelto en el denso humo gris del tabaco. Se levantó y fue acercándose lentamente hasta la puerta. Abrió y vio a un hombre que llevaba una cazadora de cuero negro. Lo recordaba vagamente, tal vez era amigo de Davor o estudiaban en una clase con Aida. Movía sus piernas nerviosamente y esquivaba su mirada.

Al fin dijo con sencillez:

—Aida y Davor fueron asesinados. Sus cuerpos están en el puente del Miljacka.

Samira no emitió ni un solo sonido, no preguntó nada. Cerró la puerta, se desplomó en el suelo y la carta salió volando de sus manos. Dio unas vueltas en el aire y cayó sobre un par de zapatos destalonados.

Veintidos de mayo de mil novecientos noventa y tres, Sarajevo, las doce y un minuto del mediodía

Alguien había tomado unas fotos de los cuerpos tendidos en el puente desde hacía tres días. Lanzó las imágenes al espacio público, los medios las publicaron y dieron la vuelta al mundo. Se levantó una fuerte ola de descontento. Como si de repente la gente se hubiera dado cuenta de la guerra que se libraba en Bosnia. Desde todas partes se alzaban voces que clamaban: ¡retirad los cadáveres y enterradlos! Empezaron a llover cartas de Nueva Zelanda, Marruecos, Canadá, China, India, Rusia, México, Filipinas, las islas Seychelles, Vanuatu, Francia, Algeria, Austria, Uruguay...

Veintitres de mayo de mil novecientos noventa y tres, Sarajevo, las diez y cuarenta y tres de la mañana

Las dos familias se reunieron. Tenían que recoger los cuerpos. Debían poner fin a esa insensatez. Dalibor se debatía entre la vida y la muerte en el hospital. Había sufrido una hemorragia cerebral. Decidieron que Lada iría a hablar con los paramilitares serbios y Samira y Safet con los de UNPROFOR.

Lada se marchó junto con Karo. Él también estaba compungido. Le dijo que había entregado el dinero justo como había que hacerlo, justo a la persona adecuada —el capitán que mandaba el destacamento aquella noche—. Había organizado todo; desde el otro lado del puente Tuće y Mile estuvieron esperándolos hasta el amanecer para sacarlos de la zona de fuego y llevarlos a un territorio seguro.

Los serbios se negaron rotundamente a recoger *ellos* los cuerpos. Decían que no eran los culpables, que no habían disparado, y que si los recogieran eso equivaldría a reconocer la culpa. Lada lo intentó todo. Lo intentó con ruegos, lo intentó con lágrimas, con amenazas, con dinero. Les daba todas las joyas que tenía, el oro, la vestimenta, todo, con tal de que le ayudasen. Karo prometió que también pagaría, pero los serbios eran intransigentes. Lada intentó arremeter contra ellos, intervino Karo y logró detenerla, cogiéndola de la cintura y sacándola de allí.

Safet y Samira hablaron con los responsables de UNPROFOR. Pero nadie contaba realmente con ellos. Era evidente que se limitaban a dejar constancia de su presencia allí, de cara al exterior. Ante sus ojos, a diario fallecía gente y, sin embargo, no intervenían. El mundo no intervenía. Éste no era su conflicto, desde luego, independientemente de si era entre Israel y Palestina, entre Ruanda y Burundi, si tenía lugar en Ucrania o en Rusia, éste no era su conflicto. A la gente le gusta guardar distancia y observar con pasiva indignación.

Fue difícil encontrar un intérprete. Safet señalaba los tanques y explicaba con gestos cómo podrían salir al puente y recoger a Davor y a Aida. Samira también probó con todo tipo de súplicas, pero los oficiales de UNPROFOR les explicaron cortésmente que no había manera, que no eran los culpables, que no tenían la responsabilidad de lo que estaba sucediendo. Eran observadores y nada más. Todos se limitaban a observar, todos eran únicamente testigos mudos y, por supuesto, nadie era responsable de nada. Ni los serbios, ni los bosnios, ni el mundo, y los cuerpos de Davor y Aida seguían descomponiéndose bajo el sol primaveral de Sarajevo. Para hacer cualquier cosa habrían necesitado de una orden del mando central y, mientras tanto, no podían intervenir ya que se trataba de un conflicto entre serbios y bosnios.

Safet escuchó su verborrea en inglés, escuchó la traducción, hizo un ademán y tiró el cigarrillo.

—¡A tomar por culo! —dijo—. ¡Que se den por sus cascos de mierda ustedes mismos! Yo mismo voy a recoger a mis hijos.

Y se dirigió tranquilo y sereno hacia el puente, ante las atónitas miradas de los soldados. El sol primaveral brilló en sus ojos azules y le obligó a entrecerrarlos. Encendió otro cigarrillo y siguió caminando. Los camuflados guardianes de la paz decían algo a Samira, señalaban a Safet, pero ella ni se movió. Sabía que cuando Safet tenía algo entre ceja y ceja, nunca daba marcha atrás. Y en esa ocasión aún menos.

Al final, sin embargo, uno de los pacificadores echó a correr tras él. Safet seguía avanzando, le quedaban unos veinte metros para llegar al puente y ya veía los cuerpos de Davor y Aida. Sintió al soldado a su espalda y, sin pararse ni volverse atrás, le propinó un codazo. El soldado se desplomó sobre el asfalto. Varios más se abalanzaron y, pese a las maldiciones de Safet, lograron detenerlo antes de alcanzar el puente.

Veinticuatro de mayo de mil novecientos noventa y tres, Sarajevo, la una y veintiún minutos de la tarde

El puente Vrbanja sobre el río Miljacka estaba bañado por los cálidos rayos del sol primaveral. La mejor época del año. Los cuerpos de Davor y Aida seguían tendidos allí. Cinco días seguidos. Yacían abrazados. Los cuerpos se descomponían; la carne es más endeble que el alma. Se descomponían y desprendían hedor. El hedor era casi insoportable. Unos perros intentaron acercarse a los cadáveres, pero fueron acribillados por los francotiradores, quedaron tendidos en el puente y también se descomponían. El puente Vrbanja sobre el río Miljacka en Sarajevo, con cuarenta metros de largo.

Veinticinco de mayo de mil novecientos noventa y tres, Sarajevo, las cuatro y treinta y tres de la tarde

Bajo la presión de la comunidad internacional y debido a la agitación en Sarajevo, los paramilitares serbios, no obstante, al fin permitieron trasladar los cuerpos. Formaron un cordón de francotiradores para vigilar el puente. A causa del hedor, dos soldados jóvenes, con mascarillas en los rostros, se dirigieron hasta ellos y empezaron a arrastrar los cuerpos por el áspero asfalto. Dejaban un rastro oscuro, rojinegro, parecido al que deja un neumático pinchado. Los retiraron del puente seis días después de ser asesinados. Seis días.

Y la única razón por la cual su historia fue conocida en todo el mundo, la causa de rodar películas sobre ella, de que se escribieran libros, de que fuese abordada en las aulas de las universidades, de ser discutida en las redes sociales, es cínica: simplemente, aquella foto con los cuerpos abrazados llegó a la opinión pública y el mundo se enteró. Como Davor y Aida hay decenas, cientos, miles de víctimas de los insensatos conflictos etnoreligiosos en el planeta. Pero víctimas *anónimas*.

Veintiséis de mayo de mil novecientos noventa y tres, Sarajevo, las once y quince de la mañana

El cementerio *Vraneš*, en las cercanías de Sarajevo, se veía animado, algo poco usual inclusive en tiempos de guerra. Normalmente, los entierros aquí se hacían con cierto descuido, para pasar enseguida al siguiente. Y ahora una multitud, medios de comunicación, cámaras, militares... Lada parecía una niña pequeña perdida en medio de esa muchedumbre. Los serbios habían invitado a Samira, a Safet; les habían prometido un corredor de ida y vuelta desde el territorio bosnio hasta el cementerio y también garantizaban la seguridad de ambos. Pero Safet cortó por lo sano, dijo que todo era propaganda y lo rechazó. Junto con Samira estaban en casa viendo el funeral en la televisión. No estaba claro quién sentía más dolor, si era Lada, que se había quedado sola en medio de toda aquella gente, o Safet y Samira. Habían dejado todas las cortinas de la casa bien cerradas, no querían que entrase la luz, no querían *ver* la luz. Estaban sentados juntos en el sofá, no estaban cogidos de las manos, no hablaban, no se miraban.

La multitud en el cementerio retrocedió y unos hombres en uniforme que llevaban dos féretros iguales se dirigieron hacia

Lada. Ella sintió que sus piernas se helaban, que su corazón se oprimía y la invadía el mareo. Sobre su cabeza se cernían volando unas aves negras. Sus enormes alas oscurecieron el sol y el batir de su aleteo ensordeció la atmósfera. Buscaba a alguien o algo para apoyarse, pero no encontraba nada ni nadie. Estaba absolutamente sola. Los soldados colocaron los dos ataúdes sobre un tablero de madera hecho apresuradamente. A un lado quedaba *la fosa*. Los militares dejaron los féretros y dieron unos pasos atrás. Pero no hicieron lo mismo, claro está, los medios de comunicación. Las cámaras se metían en la cara de Lada, inspeccionaban el fondo de la fosa, grababan desde muy cerca los ataúdes.

Lada se había prometido a sí misma que no lloraría. Que no iba a darles ese placer. Que sería más dura que una piedra y luego, en casa, vertería las lágrimas. Y ya no tenía más lágrimas para llorar. Se situó entre los ataúdes. Eran sencillos, de madera de color marrón, barnizados. Uno tenía una cruz en la tapa. Puso su mano derecha sobre el de la derecha, la izquierda, sobre el de la izquierda. Dio un paso atrás y se quitó el pañuelo que llevaba al cuello. Un pañuelo de seda de color azulado, con unas líneas amarillas onduladas. Después de quitárselo, lo acercó a sus labios muy despacio y lo colocó sobre la cruz del ataúd derecho, susurrando:

—¡Adiós, Davor!

Luego se quitó el otro pañuelo menor que llevaba anudado a la muñeca de la mano. Era de color marino, con hilos plateados de satén entretejidos. Lo acercó a sus labios y lo puso sobre el féretro izquierdo. Balbuceó:

—¡Adiós, Aida!

Los uniformados hicieron descender los ataúdes en la tumba, muy juntos el uno al otro. Todas las miradas estaban fijas en Lada, todas las cámaras la grababan solo a ella. Ahora necesitaba toda la fuerza del universo para no desplomarse en la fosa rectangular que estaba ante sus pies. Dobló las rodillas, tomó un puñado de tierra marrón y la arrojó sobre el primer ataúd; después tomó otro y la dejó caer sobre el segundo.

—Mis hijos —murmuró—, mis hijos.

Salí de *Las tres botellas* y el sol matinal me hirió en los ojos. Me acodé en una barandilla. A mi alrededor —gente, coches, bocinas, gritos— me parecían una realidad paralela. No podía resistirla. Excedía lo que podría resistir un ser humano. Fui deambulando por la calle. Me tambaleaba. Me sentía mal. La gente me miraba de un modo extraño. No sabía adónde iba. Simplemente tenía que andar, de no hacerlo hubiera reventado. Tropecé con unos contenedores de residuos. Me caía, me levantaba. Seguía caminando. En realidad, sabía muy bien adónde iba. Iba al puente Vrbanja sobre el río Miljacka. Pude divisarlo desde lejos. Erguido, de piedra y bañado por el sol, con el ir y venir de la gente y de los vehículos que lo atravesaban. Todo parecía apacible, cotidiano, armónico.

ÚLTIMA ENTREVISTA

Una cocina diminuta, estrecha, ordenada y modesta. Fregadero, alacena, nevera, una mesa coja, dos sillas, cristales empañados, una olla humeante.

—Samira, ¿qué sucedió después?

—Silencio, un silencio funesto.

—*¿Qué pasó con Riaz?*

—Sobrevivió. Está en los Estados Unidos.

—*¿Tiene familia, se encuentra bien?*

—Sí, mujer y dos hijas, mis nietas.

— *¿Y ustedes?*

—Nosotros nos quedamos, no podíamos dejar a Aida sola.

— *¿Cómo viven hoy día?*

—Vivimos.

—*¿Mantienen relaciones con Lada y Dalibor?*

—Dalibor falleció y Lada abandonó Sarajevo para siempre.

—*Dijo «silencio».*

—Sí, silencio, no hay sonidos ya. El silencio está en todas partes.

—*¿Perdonará algún día?*

—¿A quién?

—A los que lo han cometido.

—Dios, sea el que fuere, puede perdonar. Yo jamás perdonaré.

—*Disculpe la pregunta, pero ¿cómo caminan por esas calles?*

—Somos unos fantasmas. Todos nosotros somos unos fantasmas. Solo el silencio es auténtico.

—*La ciudad cambia, Samira. Nuevos edificios, las calles limpias, los rayos del sol reflejados en las vitrinas. La vida sigue.*

—Tal vez… Puede ser que siga para algunos; para nosotros se ha detenido allí, aquel día, el diecinueve de mayo del año mil novecientos noventa y tres.

—*Samira, ¿nos va a contar qué decían las últimas dos líneas de la carta de Aida?*

(Silencio, un largo y desmesurado silencio. Se levanta, va hacia el armario, abre una gaveta. Saca de allí una hoja de papel amarillenta. Sus manos se ponen a temblar. Sus ojos se humedecen. El silencio es incómodo, delicado, como una hoja de papel vegetal. Se calma. Vuelve y se sienta otra vez en la silla. Permanece callada. Alguien tiene que abrir la ventana para que todo el oxígeno del universo irrumpa en esta diminuta cocina. Tiene la hoja en la mano pero no la lee, habla muy bajito con los ojos entornados.)

—Mamá, sé que te quedarás muy amedrentada. Sé que no conseguirás conciliar el sueño. Pero volveré pronto. Muy pronto. Créeme. Por eso te propongo lo siguiente: en vez de preocuparte, cuenta los días hasta mi regreso.

(Una sola lágrima corta la red pesquera —como puesta a secar— que cubre su rostro). Y después de una larga, larguísima pausa, dice con voz baja, muy baja:

—Yo sigo contando los días…

* * *

P.S. He vuelto al puente en Sarajevo tras un año. Todo lo que escuché aquella noche me ha transformado para siempre. Llevaré siempre en mi interior el dolor de aquella gente; no hay manera de comprenderlo, no lo he vivido, pero lo voy a llevar conmigo. Supe que Zoran había desaparecido. Unos decían que se había suicidado, otros que había emigrado a Occidente. Jamás volvimos a vernos ni hablamos más por teléfono. He escrito la novela, me sentí obligado por considerar que lo merecen. El nombre de Zoran no es el auténtico, por supuesto. De todas formas, él nunca encontraría la paz ni en este ni en el otro mundo. Tal como yo nunca encontraré la explicación de ese omniaplastante odio en los Balcanes. He cambiado. Vivo con ese dolor. Lo siento como una joroba. Y cada día la joroba va creciendo. Ahora aprecio la vida mucho más. El sol primaveral, el susurro del viento, la lluvia, las sonrisas de la gente, el llanto de los niños. Trato de vivir honestamente.

Llego al puente. Sobre Sarajevo cae el crepúsculo. Han pasado las nueve de la noche, otra vez es el mes de mayo y se respira la fragancia del jazmín. Me siento junto a las barandillas de metal. De vez en cuando pasan coches, transeúntes. Algunos me miran extrañamente. No puedo pensar en nada. Echo a llorar. Así, de la nada y sin motivo. Las lágrimas van brotando y no las detengo. No quiero ser más un hipócrita, conformista, útil para los demás. En este puente, al menos, no puedo. Doy rienda suelta al dolor y a las lágrimas. Lo único que quiero en este instante es volver a mi hogar.

PARA TODOS LOS QUE NO VOLVERÁN MÁS A SU HOGAR

PARA TODOS LOS QUE SIGUEN CONTANDO LOS DÍAS